中国短经典

我的遥远的清平湾

史铁生 著

人民文学出版社

图书在版编目(CIP)数据

我的遥远的清平湾/史铁生著. —北京：人民文学出版社，2020(2025.10 重印)
(中国短经典)
ISBN 978-7-02-015709-9

Ⅰ. ①我… Ⅱ. ①史… Ⅲ. ①短篇小说-小说集-中国-当代 Ⅳ. ①I247.7

中国版本图书馆 CIP 数据核字(2019)第 189184 号

责任编辑 **李 娜 杜 晗**
装帧设计 **高静芳**
封面绘画 **晚 门**

出版发行 **人民文学出版社**
社 址 **北京市朝内大街 166 号**
邮政编码 **100705**

印 刷 **山东新华印务有限公司**
经 销 **全国新华书店等**

字 数 **142 千字**
开 本 **889 毫米×1194 毫米 1/32**
印 张 **7.5**
版 次 **2020 年 5 月北京第 1 版**
印 次 **2025 年 10 月第 9 次印刷**

书 号 **978-7-02-015709-9**
定 价 **39.00 元**

目录

足　球

那支法国足球队来这儿比赛的时候，正是八月里最热的一天。离七点半还有两个多小时，山子和小刚就动身了，一人一辆手摇车，在太阳底下拼命地摇。太阳还挺晒人呢，这季节，太阳要到七点钟才落山。体育场离他们住的地方太远，不这么早动身不行。

单从上半身看，两个小伙子长得都很健壮，胳膊都很粗。山子的车上挂了两支拐杖。小刚连拄拐也拄不了。两辆车一前一后，跑得相当快，有时甚至能超过一两辆自行车。有些骑车的人惊讶地望望他们，望望他们那萎缩得变了形的腿。两个人顾不上别的，拼命摇车，生怕晚了。球赛七点半开始。

来的是法国的一支很不错的足球队。

以前没来过这么好的球队。

直到走了差不多一半路，小刚看了看表，才说：“行！时间有富余，不用这么忙！”

山子也看看表。于是两辆车开始并排走，车速慢了下来。两个人的汗衫都湿透了，都呼哧呼哧地喘粗气。

天空晴朗得耀眼。路两旁是高高的白杨树。

小刚开心地笑起来：“二华这会儿正伺候老婆呢！”

“小子真废物。”山子也笑笑。

“不过，二华这家伙，人不错。”

“这小子，还可以。”

“中午他给我送票来，我还以为他蒙我呢。我心想，这么好的球赛，他舍得让给我？”

“他怎么说？”

“他当然不能说是老婆不让他去呀！”

两个人笑起来。

“应该说，是他老婆人不错！”小刚说。

“他老婆是个模范老婆，把二华教育得不错。”小刚又说。

“模范老婆一举掸子把儿，所有的家务事就都做好了！”还是小刚说。

两个人大声笑起来。

白杨树茂密的枝叶间，知了声不断。

小刚用两个手指撑开上衣兜，看看那张票。

山子的目光立刻跟过去，说：“统共就一张票，你别再忘了带。”山子说这话时的神态和语气都透出一点恭维。

小刚没回答，脸上的笑容慢慢变得僵硬，心想：什么叫“统共”？反正一张票不能你我都进去。不过又想：出来的时候说好了，山子不至于说话不算话。

“带着没有？”山子又问，很着急的样子。

小刚还是不回答，把票掏出来，托在手里看，心里有点后悔：这事真不该到处去瞎显摆，二华送来了票，自己就应该悄悄地走……

山子把脸凑过来，小声念着票面上的时间。

“哟！”小刚忽然一惊，转脸问山子，“今儿肯定是五号吧？”

“别这么自个儿吓唬自个儿行不行？五号！我早算计着今天呢。”

没错儿，是五号。小刚把票放回兜里。不过山子这家伙可别说话不算话，算计？算计什么？

“要不然，”山子继续说，“今天我本来是打算去我老姨家的。这么好的球，不看彩电不行。”

小刚觉得这是个机会，得说句话了：“你真不如趁早上你姨家去呢，别把转播也耽误了。”

山子不言语了。山子的心情立刻有些沮丧。他本来就有点动摇：万一是自己记错了呢？体育场门前没有台阶，小刚坐在车上可以进去呢？自己白跑一趟倒没关系，问题是把电视转播也误了。问题是法国队！他这几天总想起十二届世界杯赛的场面；想起普拉蒂尼罚直接任意球时的样子；想起佐夫鱼跃扑球时的样子；还有鲁梅尼格，那小子真是浑身都长得漂亮，人要是长得漂亮也真是福气；马拉多纳不漂亮，可那小子跑起来真好看，摔倒了又蹿起来，永远也摔不坏似的，长得真结实，人要是长得结实也行，也漂亮……

见山子不言语，小刚又紧叮一句："是你自己非要跑一趟不可的。咱们可有话在先，我要是进得去，你可就得乖乖滚回来。"他尽量使语气显得像是开玩笑。

"噢噢，那当然。"山子的灵魂这才从巴塞罗那的绿草坪上飞回来。"我是说，要是你的车进不去，这么难弄到的票别糟蹋了。"

"那没问题！"小刚松了一口气，"我要是进不去，这张票肯定是你的。没得说！"

两辆车拐上了一条宽阔的大路。沿着这条路走到头，一拐弯就到体育场了。但是这条路相当长。

"不过，二华说我能进去。"小刚说。

"他怎么说？"

"他说我肯定能进去。"

"他说没有台阶？"

"反正他说我进得去。要是有台阶，他干吗还说我进得去？"

山子又使劲回忆起来。他明明记得体育场门前有很高的台阶。至少有十几层。二华那小子整天迷迷糊糊的，没记清楚过什么事。不过，也许是自己记错了？他还是八年前腿没坏的时候去过。那时候他才二十岁，跟小刚现在一般大。他还记得自己跑上那些台阶时的情景：台阶不仅高，而且陡，他一步三级往上跑，那台阶大概并不止十几层，什么地方还种着一些冬青树……每次回忆都是到这儿就断了。也许那不是在体育场？也许是电影院？剧场？美术馆？每次回忆都是以清晰开始，以模糊告终。

“普拉蒂尼。”山子叨唠了一句，无可奈何地望望路两边的楼房。这几天他总想起这四个字，也许是这四个字说着顺嘴。

小刚看着山子笑：“魔怔了。”

“我是说，可惜普拉蒂尼没来。”

“真懂假懂？这又不是法国国家队。”

“废话，我知道！”山子的话音里有点火气了。关于足球的事，他自信比谁都知道得多。“普拉蒂尼现在在意大利呢！知道吗？就是法国国家队来了，普拉蒂尼也来不了，知道吗？别拿起话来就说。”

小刚一愣，看了看山子，没吭声。往常他不会甘拜下风，尤其是那句“知道吗”。今天不一样。往常他和山子都没票，倒也都心安理得。再说今天来的又是法国的一支很有名的球队。要是有两张票就好了，小刚想。他摸出两支烟，递给山子一支。

“抽根烟吧，来得及。”

两个人把车停在路边的树荫下，点着了烟，抽着，不说话，望着马路上来往的车辆。树荫很长了，树荫以外的路面依然亮得刺眼，对面楼房上晾着的白被单也白得刺眼。

“一停下倒觉着更热了。”山子找话说。

小刚叹了口气：“要是再有一张票就好了。”

“没事儿，就当遛个弯儿。我好些年没到这边儿来了。”山子的语气更像是在安慰自己。

“我好像还从来没到这边儿来过呢。”小刚说。

山子心里忽悠一下子，忽然觉得自己心眼真够呛——小刚还从来没到体育场里看过足球呢！小刚的腿从小就坏了。

“说不定，到时候能等上一张退票呢！”小刚说。

“别净想好事儿了。这么难买的票，谁买了会不看？”

“那可说不定，二华不就买了不看？”

“有几个二华？让老婆管得儿子似的！”

两个人笑起来。小刚的笑声很高，希望这气氛能延续下去。

“将来真有了儿子，二华非当孙子不可！”小刚说。

“这家伙是有点废物，主要是因为娶了个模范老婆。”小刚说。

“不过，只要他排队买票的时候不废物就行！”还是小刚说。

两个人大声笑起来。小刚希望山子的情绪能一直这么好，否则到了体育场自己是进去不进去呢？不好办。

“我看你将来也危险。”小刚又对山子说，“说不定你比二华还厉害。”

山子愣了一下。

“我说，你将来没准比二华还废物。”

山子把烟蒂在车轮子上按灭，脸上的笑容慢慢收敛。

小刚心想：糟糕！问：“怎么啦你？”

“嗯？”山子有心事，直发愣。

洋槐树的叶子被晒得发蔫，已经结满了一串串的豆荚。路上的车辆和行人都多起来，到了下班的时候。各式各样的草帽、凉帽。姑娘们的裙子飘飘的。

“那件事儿，”小刚轻声问，“不是差不多了吗？”

山子拍拍落在腿上的烟灰，看看表，说：“走吧，不算早了。”他不想说那些事。

“又怎么啦？不是说差不多了吗？”

“她们家又不同意了。”

“那女的自个儿呢？”

“六点多了，快走吧。”山子摇动了车。

两个人并排摇，摇得很慢。小刚还想再问问是为什么，看看山子的脸色，把话咽了回去。其实用不着问，不会因为别的。小刚又想到了自己的腿还不如山子，山子拄着拐还能走呢。山子二十八了，小刚真怕自己也到二十八岁。

“什么时候能在中国举办一届世界杯赛，啊？那还差不多！”山子忽然转过脸来说，带些笑容，在这之前他一直木然地望着很远的地方。

“净想好事儿！”小刚说。虽然这么说，却也觉得心里舒服了一点。

“那咱们拼了命也得买上票。”

“拼了命你也未必买得上。”

“提前一个星期我就上售票处窗口坐着去！支个帐篷。”

小刚也现出笑容：“亲眼看一回世界杯赛，这辈子也值了。”

“厉害！”山子摇头赞叹，灵魂又飞到巴塞罗那的草坪上去了。

两辆车不约而同地加快了速度。两个人不说话，都想着世界杯赛时的场面：彩色的纸屑满天飞，像是花雨；喇叭声、呼喊声响成一片；各色旗帜在飘、在挥舞；运动员高兴得抱成一团，滚成一堆；有些人在看台跳舞……

“那阵子真来劲！”

“唉——”

两个人都明白指的什么。十二届世界杯赛的那些日子真是来劲，每天晚上电视台都转播四十分钟精彩片段。那些日子，早晨一睁眼就想着晚上，一天当中要想好几回，一整天都有盼头。晚上，山子揣一包好烟到小刚家里去，先评论一阵子昨天各场比赛情况，然后坐在电视机前等着比赛开始。山子总是说要到他老姨家去看彩电，却总是又跑到小刚家里来。独自一个人看球固然乏味，跟一群外行一块看也没劲——看球不能嚷，你一嚷他们就笑你疯；要么是好球看不出来，越位球倒跟着瞎着急。山子承认的内行只有小刚。小刚还承认二华。

“二华那小子！”山子摇着车，笑笑，只说半句话。他还想着世界杯。

“二华什么？”

“那小子没准主意。你也弄不清他最佩服谁，一会儿是济科，一会儿又是马拉多纳。”

“济科和马拉多纳确实都不错。”

“还没过三分钟呢，他又说苏格拉底最好了。”

“苏格拉底也确实是踢得好。”小刚总是为二华说话。

“我是说，小子看不出谁最好来。”

小刚心想：难怪二华这票不给你呢！

“最后他又最佩服罗西了。意大利赢了，他又最欣赏意大利了。这小子势利眼。”

“你别老这么说他。他还是挺懂球的。”

“他就懂报上说谁好，他就说谁好。”

小刚想：二华以后有票还给不了你。

“他还懂谁赢了，他就最欣赏谁。”山子笑起来。

“那么说，赢的不好，输的倒好？”小刚也有点气了。

“那可难说！巴西输了，可巴西踢得最好。一开始我就说巴西踢得好，巴西输了，我还是说巴西踢得最好。”

小刚没言语，他知道山子说得对。巴西队被淘汰的那天，他们俩都觉得是自己输了。

“论水平，巴西队才是冠军。巴西队就是太狂了。”

跟你一样，你也是太狂了，虽然你说得都对，小刚心里说。

“我还是最佩服普拉蒂尼。说普拉蒂尼最棒的人不多。真正懂球的人就不多。”

“我就不说普拉蒂尼最棒。”小刚不看着山子，冷冷地说，“我说马拉多纳棒。也许是我不懂。”

山子这才发现小刚有点不高兴了，这才想到统共那一张票还是二华给小刚的。

前面是一座立交桥。

两辆车开始爬坡。四五十米的上坡路，挺陡，对手摇车来说不是件容易事。齿轮咬着链条咔啦咔啦响。两个人又呼哧呼哧地喘粗气，汗珠往眼睛里流。太阳倒是很低了，但是一点风都没有。

“行吗你？”山子问小刚，想缓和一下气氛。

“留神你自个儿吧。”

“等摇上坡儿去再歇着。”

“踩咕谁呢！”小刚愈发使劲摇起车来。

行，山子想，小刚这小子还真够哥儿们，背着哥儿们也不说哥儿们的坏话，也不愿意听别人说哥儿们的坏话。不过气氛得缓和缓和，否则到了体育场小刚进不去，自己也不好意思就进去。可是，体育场门口到底有没有台阶呢？……很高很陡的台阶，二十几层也不止，自己焦急地往上跑，一步三级，跑得好累呀！到底是在哪儿呢？还有很多挺拔的冬青树……

两辆车摇上了立交桥。

“要不就歇会儿吧。”小刚说，也不愿意把气氛弄僵。以前他俩为足球的事翻过脸，具体地说，就是为了普拉蒂尼和马拉多纳。

两个人抽着烟，都想找些让人高兴的话说。

往体育场去的公共汽车从桥下开过，车上挤满了人，吵吵嚷嚷的像是在打架。

“都是去看球儿的。”

“也不知道有几个真懂。”小刚冲山子笑笑。

“懂不懂的，倒都有票。”

“懂不懂的，倒都不怕老婆！”

小刚说罢大声笑起来。他满心以为山子也会这样笑的，可是山子笑得很勉强。小刚想：糟了，又让他想起那件事来了。

往体育场去的汽车增加了车次，一辆接一辆，都挤得满满的。往那个方向去的自行车也多。开始听见有人在议论足球了。

“嘿！咱们到那边买瓶汽水喝吧。”小刚装作什么也没有察觉，指着远处的冷饮店。

“算啦！”

“出来得太忙了，忘了带个水壶。”

“要喝你就去喝。”

“要不算了，一会儿再说。”

两个人沉默着。这时候桥下有几个骑车的人在大声议论着足球。那纯粹是外行的议论。其中一个人在抱怨：“有时候看了半天，一个球都不进！”小刚捅了捅山子，两个人对视着笑笑。山子笑得很苦。小刚知道山子还在想那件事。

“到底怎么回事？”

山子不言语，不断把飘在眼前的烟吹开。

“她们家怎么说？”

“还能怎么说？”

“肯定不行了？”

“她说今儿晚上来找我。”

小刚紧张地盯着山子。

“我想，算了。做买卖似的，没意思。”

“你太拧。谁都说你太倔，太硬。”

山子心说：对了！腿坏了也不比谁低一等！

“她来要说什么？”

“还能说什么？”

“说不定也许又行了呢？”

“我他妈的又不是西瓜！说行了就拿走，说不行了就退回来！”

两个人默默地坐着。

山子只想着今天晚上怎么过。不能回家。也不能去老姨家，最初就是在老姨家和她见的面，她就坐在彩电对面的沙发上……她其实是个好人，山子想，只是她当初把这件事想得太简单了。唉，今儿晚上要是能看一场足球就好了！不然今天晚上怎么过呢？只要能看一场足球！奔跑，冲撞，像炮弹一样的远射，凌空横扫，抱成一团，滚成一堆……唉，那样今天晚上就能好过一点，好像是自己在足球场上跑，摔倒了又蹿起来，鱼跃冲顶，在草坪边跪下滑出很远，冲观众台上挥舞着拳头笑……

“走！！”山子说。但愿体育场门口有台阶。

小刚正想着什么。

“嘿，走吧！”

小刚仿佛被惊醒了。

“想什么哪？”

“没想什么，”小刚完全醒过来了似的，“想那么多没用，今儿晚上先看一场好球儿是真的！”他又把那张票掏出来看看。

山子又使劲回忆那些台阶：很高很陡，恐怕四五十层也不止……是哪儿呢？

“哎？怎么没有座号？”

山子心里又忽悠一下子：小刚还没到体育场里去过呢。

“不是对号入座。”山子说。

“那不乱了？”

“乱不了！”可是山子心里又乱了。

“我老是梦见体育场。”小刚说。

“梦？”

“嗯。我老是梦见到了体育场，也看见了里面有人在踢球，可就是找不到门，进不去……”

山子心里“轰”的一下子，想起来了：那些台阶是在梦里见过，很高很陡，数不清有多少层，像一座山。自己往上跑，跑，一步三级，跑得好累呀，突然眼前豁然开朗，看见了一片绿色的草坪。不，不对，是一片辽阔的草原，他自己正在那儿踢足球。踢得可真不错，盘带，过人，连着过了几个后卫，又过了守门员，直接把球带进了大门。他笑着在草原上奔跑。他看见自己腿上结实的肌肉，心想这下子行了，不用再去摇那辆手摇车了。远处是冬青树，不对，是大森林，他向森林跑去，挥着拳头，林涛声像是欢呼……

“山子。”

“嗯？”

“你甭心里别扭，不行也没什么大不了的。”

“我知道，我是说，已经走到这儿了，就去等会儿退票试试。”

“不是，我不是说足球。”

山子没再回答。两个人都没再说话。他们心里都清楚极了。

太阳落山了，稍稍凉快了些。

车速不快也不慢，并排着走。

“下一届该是第十三届了吧？”

“第十三届。”

“在哪儿来着？”

“墨西哥。”

“对了，墨西哥。”

“不知道到时候电视台转播不转播。”

“要是能上墨西哥去亲眼看一回，啊？那还差不多！”

“下辈子吧。你不是说，你下辈子是普拉蒂尼吗？”

“肯定。我下辈子肯定踢足球。”

“中国队就等着你了！”

两个人笑起来。

“普拉蒂尼算什么，至少得超过贝利。”

“个子要比贝利高，至少得一米八五。”

“还有速度，没速度不行。”

“那当然！速度，耐力，力量……我的田径十项全能至少得在奥运会上拿个铜牌。”

“何必不说金牌？反正吹牛不上税。”

两个人又笑起来。

“你不是说你总失眠吗？我教你一招儿：你躺在床上，别净想那些心烦的事，你就想你在踢球，你带着球跑，过人，过了一个又一个……”

“算了吧你！我越是这么想越是睡不着，我就是因为总想这些才失眠的。”

“是吗？人跟人可真是不一样。”

车流、人流越来越稠密了，都朝那个方向涌去。望得见体育场了……

1984 年

来到人间

星期六晚上，男的八点多才回到家，在过道里锁车的时候就感到意外：孩子没喊他，也没听见孩子的笑声。

屋里光线很暗，没开大灯，只一盏八瓦的小灯亮在尽里头的写字台上。女的坐在床沿上，见他进来，只把两条腿变了下位置，脸依然冲着电视，披了件旧外套，像是怕冷的样子。床上扔满了玩具。孩子在玩具中间睡着了，没脱衣裳，身上盖了条毛毯。

“没想到又这么晚。”男的说，看了看手表。女的没搭腔。

男的走到床的另一侧，一边解风衣扣一边俯身看看孩子：“怎么这么睡？”

女的还是没回头，说：“饭在厨房里，锅里。”声音齉齉的，掏出手绢擤鼻子。

男的又绕到女的身旁，站着看电视，把胳膊抱在胸前，注意着妻子的脸。电视的光忽明忽暗在她脸上晃，让人弄不清她的表情。电视里在播球赛。他知道她从来不爱看球赛。

“怎么了你？”男的问。

“饭在锅里，凉了热热。”妻子的声音仍旧齉齉的，鼻音很重。

男的愣了一会儿，正转身要去厨房，听见女的长出气，并且像啜泣那样颤抖。

“到底怎么了你？”男的又转回身来问。

“你先吃饭去。”

男的走了几步，伸手去开大灯。

“别开！”女的说。

男的退回到床边，挨着女的坐下，瞪着电视发愣。街上过汽车，荧光屏咔嚓咔嚓地闪。

“到底怎么啦？”

女的不说话，一条腿不住地颠。

“是不是孩子又怎么了？”

“她没说幼儿园好不好？”男的又问。

这下女的忍不住了，“咹——咹——”地哭起来，把头顶在丈夫肩上，浑身不住地抽动。丈夫茫然地坐着，抓紧妻子冰凉的手。

这孩子一来到世上，面前就摆好了一条残酷的路。先天性软骨组织发育不全。一种可怕的病。能让人的身体长不高，四肢长不长，手脚也长不大，光留下与正常人一样的头脑和愿望。一条布满了痛苦和艰辛的路，在等一个无辜的小姑娘去走。也许要走六十年，七十年，或者还要长，重要的是没有人知道这种病到什么时候才有办法治。

孩子不知道这些。和别的孩子一样，她睁开眼睛，看见一个五光十色的世界。小拳头紧攥着，蹬蹬腿，踹踹脚，想来这个世界上试试似的。饿了，或者尿了，她也哭。吃饱了，高兴了，她也笑。买只红气球挂在床栏杆上，太阳把气球照得透明闪亮，她皱着眉头不眨眼地看。和别的孩子完全一样。

“你说她是吗？”年轻的母亲说，不愿意说出那个病名。人们一般管那种病叫“侏儒症”。

年轻的父亲捅捅那只气球。一片红光飘来飘去，孩子的眼睛跟着转，笑了。还在襁褓里，这孩子就会笑。

妻子斜靠在被摞上，两手垫在脑后，眨巴着眼睛看对面的墙，像是那儿有一道题。丈夫趴在椅背上，交叉起两手顶着下巴，好像另一道题写在妻子的脚上。对面阳台上有个人在给盆花浇水，一边唱着京戏，遇着高音就巧妙地变个调子。孩子什么都不管，看着那只红气球，“咿咿唔唔”地说着自己的歌，仿佛知道童年不会太长，得抓紧懂事前的这段好时光。

“要不再到别的医院去看看？”母亲说。

父亲好一会儿没有出声，把目光从妻子的脚上转向窗外的天上。

“我看她不像。”母亲又说。

父亲猛地站起来：“那就走！”

两口子急急忙忙把孩子裹好，抱起来，出了门，就像这回准有什么好结果。

“我们团有个编剧，”一边下楼梯女的一边说，“头一回化验说是肝炎，还很厉害，没过几天又到另一个医院去化验，结果各项指标都正常。咱们上哪儿？”

街上永远有那么多人，那么多车，简直不知道是为什么。男的站在马路边想了想，说：“这回咱们不去太大的医院了。”

女的没有哭太久。“把灯开开吧。”她说。

男的把大灯拉开。

“把电视关了吧。”

男的把电视关掉。

女的开始收拾床上的玩具，一样一样收进一只小木箱。然后给孩子脱衣服。“啾啾，把衣服脱了睡。”不管你心里愿不愿意承认，孩子现在四岁了，个子就是比其他同岁的孩子矮，胳膊腿也明显地短。孩子一岁多的时候，这种病的特征开始显露，再不用跑医院检查了，剩下的是怎么接受这个事实。“啾啾，妈妈在这儿，脱了衣服好好睡。”孩子在梦里睁开眼看了看妈妈，又看见了爸爸，困得又闭上眼睛，呼吸中带着抽噎。

两个人一直看着孩子睡熟了，呼吸平稳了。

“嗯。”男的说，是问话，看着女的。

“下了班我去接她，”女的说，“一进幼儿园就见她一个人靠窗台站着，光是看着别的孩子在院儿里玩。一见我来，她就跑过来，拽着我要回家。两个阿姨在聊天。我问阿姨她怎么样。阿姨说还好，不过才两个礼拜，谁知道时间长了怎么样呢？对了，你先吃饭吧。”

“等会儿。”

“出幼儿园没多远，她就跟我说，她的被子和枕头都丢在幼儿园了，让我回去拿。我说不用，星期一还要来呢。她一下子就哭起来，蹲在地上说什么也不走了，非让我把她的被子和枕头都拿回来不可。我说：‘你不是想上幼儿园吗？’她光是哭。我说：‘你怎么又不想上了呢？’她光是哭。要不我去把饭给你拿来？”

“不用，不着急。”男的等着她往下说。

“她用胳膊钩住路边的一棵小树，就是不走。小胳膊钩也钩不住，就用两只胳膊这么抱着。我拉她也拉不动，就打了她一下。”女的用手抹眼泪，伤心地摇头。

男的焦急地等着她往下说。

“我还从来没打过她。我不知道我今天是怎么了。我从来没打过她一下。”

“我知道，我知道。这也没什么。”

“我打了她一巴掌。”女的仰起脸，把一缕头发拢到耳后，声音放得平缓些，“她就一个人哭着往幼儿园走，走到幼儿园门口又不敢进去，自己靠墙边儿站着，把脸扭过去不朝我这边看。好半天，还是我先过去跟她说对不起，问她为什么不想再上幼儿园了。她说，‘你把被子和枕头拿回来，我再告诉你。’你看她。”

男的想：糟糕的就是她还这么聪明。

“我本来想说，你告诉我，我就去把被子和枕头拿回来。”

“千万别这么说。”

“就是。我知道不能骗她。”女的说，“她又让了一步，说，‘你要是拿不动，明天让爸爸来拿。’”

“你答应了？”

“没。我知道咱们不能骗她。”

男的叹了口气。“嗯，后来呢？”

“这会儿天就快黑了。我狠了狠心，猛地抱起她来就走。你猜她怎么？也不哭了，也不喊了，使劲闭着嘴，一直到家，一句话都不说。我跟她说什么她也不理我。你说她这脾气。”

“就是，这孩子又聪明又有个性。”男的说。

女的到厨房去拿来个面包，给男的。

“不用。等会儿再吃。”男的把面包搁在桌上。“她到底跟你说为什么了没有？”

“回到家她还是不理我，自己坐在床上摆弄那只塑料狗。我把饭做好摆在桌子上，她连看也不看。我把所有的玩具都给她拿出来，好，她连那只塑料狗也甩到一边去。我坐在床上，想跟她一块玩，她干脆一个人跑到厕所里去，把厕所的门插上。过了一会儿，我贴着厕所的门听，听见她在厕所里小声哭。我扒着门缝跟她说：‘是不是别的小朋友说你什么了？’她立刻‘哇——’的一声大哭起来，一边哭一边说，说别的孩子管她叫大头，叫她大脑壳，还管她叫丑八怪，还有。我说：‘你告诉阿姨了没有？’她说她才不去告诉阿姨呢，她说她知道阿姨光喜欢别的孩子。”

女的又抽泣起来。男的不说话。

“我怀疑是阿姨那么叫过她，孩子们怎么想得起来那么叫她？”

“你先别这么瞎怀疑。”男的说，“先冷静点。”

“我要去找阿姨谈谈，找她们园长！”

“谈谈不是不可以，必要的时候甚至……不过这都不是最要紧的。”

“我让她把门开开，她说不，除非我答应明天把她的被子和枕头都拿回来。我说好吧。”

“你这么说了？”

“我没骗她！我明天就去把她的东西都拿回来！不让她去了。让她自己在家里玩。要不就把原来看她的那个老太太再请来，多少钱都行，五十，六十也行！”

“你再好好想想。”

“我早想了！”

“问题不在钱上，问题是她不能总在家里！”

“我也没说在钱上。得得得！我不听你说！”

“咱们别又吵。你想想，孩子总有一天……”

“你要说什么我都知道！我养她，养她一辈子。你不养算了，我一个人养！”

“你又不冷静。”男的说，站起来朝厨房走去。

女的追到过道里说：“就你那德行冷静！”然后又回到屋里，坐在沙发上，呆愣着坐了好一会儿，眼泪又止不住地流。

死应该是一件轻松的事。生才是严峻的。一个人快要死了，无论如何我们可以安慰他：“放心吧！伙计，不管怎么说，你把你的路走完了，走得还不坏。”对一个刚来到世上的孩子呢？你能安慰他什么？你能知道这个娇嫩的肉体和天真的心灵，将来会碰上什么吗？你顶多可以跟他说：“行了伙计，既然来了，就得开始了。”

对所有的人来说，也都是这样。没人知道什么时候会碰上什么。生活中随时可能出现倒运的事。

丈夫很有才气，得了硕士学位，现在是工程师，身高一米八十三。妻子是话剧演员，当然漂亮，身高一米六八。有一套一居室的房子，有厨房、厕所、煤气、暖气。女的还在香港有个叔叔，送给他们彩电、冰箱、录音机。然后，这个孩子来了，上帝像是生怕世上有一个平平安安的家庭。

妻子生这孩子的时候就不太顺利。孩子先是窒息、抽风，之后又得了肺炎，一直在医院里抢救。母亲也出了点毛病，住在另一间病房里。母子俩还没见过面。有一天大夫告诉父亲，“发现您这孩子有一种先天性的疾病。”“嗯？什么病？”“软骨组织发育不全。”“我不懂，对病我一点儿都不懂。”“这病，怎么说呢？不好治，而且……”“会死吗？”年轻的父亲有些慌。“那倒不会，这病没有生命危险。”接着，大夫把那种病的后果告诉了他。

年轻的父亲跑到医院的小花园里坐着。夏天的中午，小花园里没什么人，晒蔫了的洋槐树下有一条长椅，水泥路面上浮着一层颤抖的热气。他坐了一个多小时，才渐渐明白发生了什么。一个矮人儿，只有一米一二高，头很大，躯干也像成年人的一样，只是四肢短，手指像脚趾一样又粗又短。他记得自己小时候就嘲弄过那样的人，追在人家身后喊“大个儿”，没人教过他，也没有人制止他。他已经把这事忘了很多年了。这些年他忙这忙那，忙着考大学，忙着考研究生，不知不觉已经做了父亲。现在他清晰地记起来，那个矮人怎样装作没听见他的话，怎样急匆匆地走，想要摆脱他。现在他才想到，他曾给过一个心灵怎样的折磨。那颗心上已经磨出了老茧，已经不反抗了，只是逃避。他将有一个那样的女儿。

“不对！”他的一个老同学跟他说，“糟糕的不是你有一个那样的女儿，是有一个灵魂要平白无故地来世上受折磨！”

“这我想过。不过，所有的人不都是一样吗？譬如说我现在。”

“不一样。当然，人世间的痛苦你都可能碰上。可她呢？她是生来就注定了，痛苦要跟她一辈子。”

“她也许能因此成为一个很有作为的人呢？”

“战争能造就不少英雄，但是为了造就英雄就发动一场战争，有这回事吗？”

“那当然不。”他说。

“人是不得不成为英雄的。”

“这我同意。”

“大夫怎么说？”

“大夫说，她的肺炎很厉害，救得活救不活还不敢说。”

“这是暗示。”

“我知道是暗示。”

“你也可以给大夫一个暗示。”

“这我得跟我爱人商量。”

“她会同意吗？”

“我想不会。”

“你得说服她。”

“她肯定不听。”

正如父亲所预料的那样，年轻的母亲一听便大哭起来："不！不！我就要她！什么模样我也要！"

男的把饭菜热好，端进屋里。女的在看当天的晚报。

"你不再吃点？"

"什么叫再吃点？我也一点没吃呢！"

男的听出，她已经冷静下来了。男的又跑去拿了一个碗和一双筷子，盛好饭放在茶几上，自己在另一个沙发上坐下。

"你怎么买着鱼了？哪儿买的？"

她没回答，把自己的饭拨一半到男的碗里。

"什么鱼？是鲤鱼吗？"男的拨弄着碗里的鱼，很快地朝女的脸上扫一眼。

过了一会儿，男的又说："我看像鲤鱼。"

"不是。"女的勉强回答。

"不是鲤鱼？"男的故意装出惊讶的样子。

"我看她现在还太小。"女的说。

男的在嘴里费劲儿地倒着鱼刺，考虑怎么回答她。

"再过一年，啊？怎么样？明年再让她去。"

"还不是一样吗？反正早晚有这么一天，她得知道她长得丑。"

"我答应了她，你没见她多高兴呢，立刻不哭了，一个人在床上玩，让我跟她一块玩。我到厨房去，她跑到厨房来问我：‘你说我丑吗？’”

“你怎么说？”

女的张了张嘴，没说出话来，低头吃饭。

“你准又说她不丑。我跟你说不能骗她！”

“等她再大点，到五岁，再告诉她，可能会好一点。”

“干吗不到六岁？干吗不到七岁？大点也长不好！别说五岁。头一回知道自己是畸形人，和所有的人都不一样，别说五岁，五十岁也受不了。岁数越大也许越糟糕。”

“那怎么办？”

“没别的办法。得让她知道，让她及早在心里接受这个事实。”

男的又想起自己小时候嘲弄过的那个矮人。是接受这个事实，可不能是习惯、麻木和自卑，男的在心里对自己说，得让她保留生来的自尊。

“我怕她受不了。”女的说。

“谁受得了？谁他妈的也受不了！”男的喊，使劲把饭碗蹾在茶几上。

妻子吓坏了。丈夫在屋里走了两个来回，赶紧把攥紧的拳头松开，提醒自己：要冷静。

“要是世界上只有你、我和她，咱们就永远不让她知道。”男的说。

“不过，”男的又说，“即便那样也不行，她自己早晚也会发现，你就长得比她漂亮。”

“还不如让我是她，让她是我。”母亲说。

“别瞎说了。”

“真的，我真的愿意。”

“我知道，”父亲抓住母亲的手，“我知道。不过不可能。即便可能又怎么样呢？她也会像你现在这样，你也会像她这样。这事轮上谁，谁也受不了。”

“要是她是我，我是她，我就受得了。”

“咱们别说废话了好不好?”男的说。

“就让她再过一年再去吧。”女的坐到床上，看着熟睡的孩子。

男的不说话。

“我已经答应她了，我不能骗她。”

父亲还是不说话。

母亲看着梦中的孩子。“咱们还不如不生她。还不如那时候不让她活。”

孩子能满床上爬了，满床上爬着追那只气球。气球在她眼前飘，她总是抓不住，捉不着。气球飘到桌子上，飘上玻璃窗，飘上屋顶，又飘下来。孩子嘎嘎地笑，尖声地叫，一心一意地追。她挺聪明，等到气球滚到她跟前，一下子扑上去，抱着气球坐在床上笑，举起来给爸爸妈妈看。忽然“砰!”的一声。孩子吓愣了，抬起头来看看桌子上，看看屋顶上，看爸爸，看妈妈，“哇——”地哭开了。

孩子那惶然四顾的样子，给了父母很深刻的印象。还有那一声哭，使人想起一个在人丛中走丢了的孩子，发现左右没有了父母，都是些陌生的人。

夫妻俩越来越多地想到孩子的将来。

“你说她能长到一米四吗？女孩子只要能长到一米四，也就还可以。”女的跟好多人这么说过，有的人不言语，有的人说“也许差不多”。年轻的母亲叹气，心里什么都明白：要真能长到一米四，还算什么有病呢……

孩子又得了一场大病，肾炎。真是个多灾多难的小姑娘。母亲请了假在家里，抱她去打针，按时给她喂药，大夫说不能让她吃盐。父亲的工作放不下，每天尽量早地跑回家。孩子明显地没有精神，不爱笑，总睡。

“今天好点吗？”

“打针的时候恨不能把嗓子哭破了。从注射室出来，她使劲把脑袋往门框上碰。这脾气长大了可怎么办？”

窗外正下着雪。从三层楼的窗口望出去，家家户户的灰房子上，都有一个白色的屋顶。雪花静静地飘落。他们知道自己要比孩子先离开世界，知道这孩子无论碰上什么事都将是一个“难”字，一个“苦”字，不知道她能不能应付得了。

“她真还不如不来。”母亲说。

“当初不如听那个大夫的话。”父亲说。

“其实，那时候她等于还没有生命。”他又说。

“什么？”

“人是在开始懂事了，才算有了生命。”

“我没懂你的意思。”

“那时候如果听了大夫的话，其实她一点都不知道痛苦。跟没生她一样。”

女的想了一会儿，说：“真的，是这么回事。”

“当时我就跟你说过。”男的说。

“你根本没这么说。”

“我说了。你根本一句都听不进去。”

“我光想，她长得再丑我也一样会爱她。”

“我说你应该替她想想。我还说，这不光是我们受得了受不了的事。你根本听不进去。”

女的想着过去的事和以后的事。

“咱们可以再生一个正常的。”男的忽然说。

“像咱们这种情况，也允许再生一个。”男的又说。

妻子把脸埋在手里，痛苦地摇头。

“我问过大夫了，行。”丈夫说，“这病不是遗传，咱们生这样的孩子，其实非常偶然。”

妻子抬起头，认真地听。

“是否正常，可以在怀孕期间检查出来。”

一直到晚上快睡觉的时候，女的才又说起这件事。

“不，我不想再要了。我怕那样咱们会偏心。我就要她一个。咱们别再要了。”

“咱们不会不偏心？”丈夫说。

“肯定会。不是偏那个就是偏这个。”

孩子睡在两个人中间。雪早停了，一缕月光照在床上。两个人都看着睡在中间的孩子。

“还有几个加号？”

“三个。还是跟原来一样。尿还是发红。”

“其实她现在也还什么都不懂。”男的说。

“这是命。”女的一下子没懂他的意思。

“我是说，她现在也可以一点痛苦都没有，跟没生她一样。”

“什么？你说什么？”妻子恐怖地看着丈夫。

一团云彩又挡住了月亮，屋里完全黑暗。没有声音。两个人都知道对方没有睡。过了很久，丈夫感觉到床在颤动。妻子在哭。

男人在夜里才哭。男人睡着了的时候才把握不住自己。妻子把他推醒。那时月光又落在地上。他立刻很清醒：无论什么事，也不管对不对，做不到就是做不到。因为爱这孩子，所以不想让她受以后这几十年的痛苦，但正是因为爱又做不到。就像算命，不管算得准不准，反正你不会相信。或者不管你信不信，你还得活下去，该干什么还得干什么。

母亲该给孩子喂药了，父亲穿着单薄的衣服下地去拿暖壶。

现在孩子懂事了，生命真正开始了。夫妻俩一直害怕着这一天，没料到竟来得这么早。她有了记忆，知道了歧视，懂得气愤和痛苦了。她还不知道这仅仅是个开始。她想逃避，还不知道这是逃不开的。

“这不过是第一回。”男的说，半坐半躺在床上。他又想起那个被他嘲弄过的人。

女的躺在被窝里，睁着眼睛看天花板。孩子睡在她身边。街上传来洒水车“当当当”的铃声。

“这回还不是最难办的呢。”男的又说，“不过咱们得跟她说实话。”

“怎么说？”

“怎么说倒是小事。”

“那你说，你跟她说。”

“我当然可以说。不过，你答应了她不去幼儿园，她会说是你不让她去的。”

“你跟她说。然后我紧跟着就说，你说得对。”

“也行。不过怎么说呢？”

“你就说，所有的孩子都得上幼儿园。”

“不是，主要不在这儿。上幼儿园好办，硬把她送去她也得去。”

“那你说怎么说？”

“得让她知道，她确实是长得不好看。”

“我看说这个还早。她还太小。”

“就得现在说！大了就更难办。”

“她脾气倔极了，她能干脆不理你。”

“那也得说。”

“还是你自己跟她说吧。她要是闹脾气，我好哄她。”

“就怕这样！就怕我什么都跟她说了，你再来说好听的，说不是那么回事，‘你长得不丑，你长得漂亮，你跟别的孩子一样，大伙都会喜欢你’。怕就怕这个！比不说还坏！”

“我不是这么哄。我没说这么哄。”

“那你怎么哄？我问你，你怎么哄？”

女的坐起来，披上衣服，胳膊交叉着抱在胸前，皱着眉头不说话。

楼上传来“嚓啦嚓啦”的拖鞋声，一会儿又“嚓啦嚓啦”地走回来。

男的赶紧又把攥紧的拳头松开，说：“但是她可以在其他方面不比别人差，你得这么说，她能在很多方面超过别人，做得比别人强。”

第二天是星期日，孩子很早就醒了，赖在被窝里不起来，看着春天的太阳照进屋里，太阳光越来越多，自己躺在床上唱。

母亲做好了早点，进屋来说："快起床吧，小懒丫头，吃完饭带你去公园。"

"真的？"

"真的。"

"爸爸！是真的吗？"爸爸还在厨房里。

她跳出被窝，抱住妈妈的脖子，在床上蹦，在妈妈的脸上亲。这孩子会来事儿。

"妈妈！我穿哪件毛衣呀？"

"妈妈！我穿什么裤子呀？"

"我的新皮鞋呢？爸爸！你给我买的新皮鞋放在哪儿啦？"

年轻的父母在过道里擦肩而过，互相看了一眼，表情都很严肃，甚至是紧张。

临出门的时候，孩子忽然有些担心："妈妈，我不去幼儿园了吧？"

"不去。不去幼儿园。"

丈夫扽了一下妻子的衣襟。孩子一蹦一蹦地跑到楼道里去了。

"我知道，我知道。"妻子赶忙解释，"可是现在没法说。"

"那你也别那么说呀，'不去！''不去！'说得那么肯定。"

两个人都叹气，急忙出来。孩子站在楼梯上喊他们。

公园里有了春天的模样，柳条绿了，湖面上有了游船。孩子一进公园就跑起来，跑跑停停，转回身喊她的父母。

“快来呀你们！草！草！”

草也绿了。孩子蹲在地上看，用手摸摸。

“有的草是绿的，爸爸，有的草是黄的。”孩子说。

“草跟草不一样。”父亲说。孩子已经跑开了。

到了儿童运动场，孩子不进去，只是扒着栅栏朝里面看，一声不响。

“你不想去滑滑梯吗？”母亲问她。

“你看，里面有那么多小朋友在玩。”父亲说。

孩子猛地跑开，故意蹦跳着，在地上捡石子，好像是说她自己也可以玩得很开心。她会掩饰自己的愿望了。

“这样下去她会离群，”父亲对母亲说，“她会慢慢变得孤僻。”那个极力想摆脱他的矮人，又浮现在他眼前，这几年他不断地想起那件事。

“船！船！妈妈，咱们划船吗？”孩子又跑回来，抱住母亲的腿。

“告诉妈妈，你们幼儿园有船吗？”母亲说。

孩子一愣。

妻子看一眼丈夫，丈夫点点头，鼓励她。

“妈妈，我想划船。”

“那你得答应妈妈一件事，明天去幼儿园。”

“嘘——”丈夫做了个不满意的表情。

"嗯?"妻子有些慌张。

"别这么说,别这么许愿似的。"丈夫小声说。

孩子拉着母亲的手默默地走,专心地望着湖面上的船。

"爸爸带你划船去,走!"父亲拉过孩子的手。

孩子有些犹豫,把手缩回来,望望妈妈。湖面上那些划船的人真让人羡慕。

"走,咱们划船去,妈妈也去!"母亲说。

在船上,孩子一直不说话。船桨有时打起水花,孩子忍不住笑起来,尖声叫,但很快又静下来,像个大人似的,心事重重地看着船边荡漾的湖水。

"你看她。"母亲悄声说。

"嘘——"父亲说,"哎,那个愁眉苦脸的,看咱们的船快不快!"

孩子故意不看他们,装听不见。划船原来是这么没意思。这样,明天就得上幼儿园去了。

"行了,你瞧她这脾气吧。"

"嘘——"

整个上午,孩子再没有真正笑过。父母俩想尽办法让她高兴起来。孩子却想回家了。

"咱们吃点饭吧,回家去没有饭吃呀?"父亲对孩子说。

在饭馆里等饭的时候,父亲给孩子讲了个故事:"从前我认识一个小个子的人,很矮,只有筷子这么高……"

孩子笑起来：“真的？那他用什么吃饭呢？”

“别笑，还没人敢笑话他。别看他个子矮，这个人很了不起，从来不把高个子的人放在眼里，很多事别人干不了，可他能干。”

“他能干什么？”

“嗯……很多，譬如说，他研究出了一种药，这种药矮个子的人吃了就能长高。”

“那他干吗不给自己吃一点？”

“嗯……可是他已经老了。别人吃了这种药都长高了，可是他自己却不会再长高了。所以没人敢笑话他矮，大伙都特别尊敬他。”

“这个人从小就上幼儿园。”母亲插嘴说。

丈夫差点没跳起来，狠狠瞪了妻子一眼。

孩子又低下头。过了一会儿，她又喊着要回家了，一个人先跑到饭馆外边去。

“我跟你说了，上幼儿园是小事！”丈夫冲妻子喊，跑出去追孩子。

女的呆呆地坐在饭馆里，想哭又哭不出来。服务员把饭菜端来了。她问多少钱，服务员说交过钱了。等服务员走开，她也走出饭馆。

她看见丈夫和孩子在草坪那边的长椅上，孩子正扯破了嗓子哭。她赶紧跑过去。

“看，妈妈来了。”父亲说，“妈妈给你道歉来了。”

“妈妈，”孩子哭着说，“我不去幼儿园。”

母亲抱着孩子：“不哭，不哭。”不知再说什么好。

“妈妈骗了你，妈妈要给你说对不起。”丈夫给妻子使眼色。

孩子用脚使劲踢爸爸：“你甭说！不用你说！你走！你滚一边去！”

母亲还是说不出话来，光流眼泪。

“他还说，”孩子哭着对妈妈说，“还说我就是大脑袋，就是、长得、难看，他还说。”

“那怕什么？那没关系。”母亲抹掉眼泪，尽量让声音平缓、柔和，“大脑袋怕什么？矮个子也没关系，你能在其他地方比别人强，比别人更有用。”

“不！不！！”孩子喊起来，“我不是！我不是！爸爸、才、是哪！”她从母亲怀里挣脱出来，一个人哭着往前走去。

丈夫拍拍妻子的背：“这会儿你别再哭，有一个就够了。”

“我知道。我没哭。”

两个人跟在孩子后面追上去。

到家以后，孩子又把自己关在厕所里。

女的在厨房里洗菜、切菜。男的淘米。男的隔一会儿到阳台上去一回，从窗户缝往厕所里看看。

“干什么呢？”母亲问。

“靠墙站着，把鞋给脱了。”

母亲去敲厕所的门：“快开门，妈妈要上厕所。”没有回答。“把鞋穿上，要不该着凉了。”

过了一会儿，父亲又到阳台上去，回来说：“把袜子也脱了。”

“她这脾气可怎么办？”

“我看倒好。她得有点脾气。得让她有点脾气。”

妻子靠在丈夫怀里，觉得身上一点劲儿都没有了。“得让她把鞋穿上，要不该着凉了。”

“不会。放心，不会。”丈夫说，“得让她保持住这种硬劲儿。没办法。无论将来她遇见什么，她不能太软了，得有股硬劲儿。”

天渐渐黑了。夫妻俩站在厨房通向阳台的门旁，听着孩子的动静。

过了很久，厕所的门轻轻响了一下。

孩子站在厨房门前的过道里，看见爸爸搂着妈妈，外面是万家灯火，还有深蓝色的天空和闪闪的星星……

1985 年

午餐半小时

“札札札”的缝纫机声骤然全停，世界轻松了下来。暖洋洋的太阳从稀里歪斜的小窗户里照进来，光柱中飘着无数飞尘。人们纷纷伸懒腰、打哈欠，互相瞧瞧，张张苍老而呆板的面孔都像是融化了，从眼窝和嘴角现出淡淡的笑来。半小时午餐时间到了，喘口气的时间到了，尽情笑骂一阵子的时间也就到了——这是照例的规矩，就像是西方的愚人节。

最幸福的人就在于他们有一种天赋——自行其乐。“什么叫福分？你他妈觉着是福分，那就是福分，嘁！”这理论是熨活儿的白老头嚼着馒头夹臭豆腐时发明的。至于是谁热情传播的却搞不清，反正所有的人都信服。也许这理论与阿Q的精神胜利法相近，可总共这八个半人（有一个双腿瘫痪的小伙子只能算半个人）谁也不知道阿Q是什么，倒是有人知道鲁迅。为了他是否也住在中南海，大伙昨天刚刚探讨过，尽管那个瘫瘓小伙子表示了不同意见，但最后大伙还是同意了白老头的见解：那么有名的人，还用说？嘁！

搪瓷缸子响了一两阵，这间低矮的老屋里弥漫着浓厚的韭菜馅味儿。“搁了几毛钱肉？”“肉？哼，舌头肉！”于是世界又是那么安静了。别忙，逗闷子的合适话题眼下还没找到。

后窗户外传来汽车急刹车的声音，人们一齐停止了咀嚼，支棱起耳朵。“活腻啦！”——准是什么也没轧着；又一阵发动机的隆隆声，汽车开远了。序幕也就拉开了。

“昨天下班，”眯缝着两只小圆眼睛的夏大妈向前探了一下脖子，急忙把嘴里的一块烙饼咽下去，“昨天下班，”她又赶紧喝了口水，作了一次深呼吸，“昨天下班，差点没把我吓死，走着走着，脊梁后头就是这么一响。”

“妈呀！怎没把你噎死呢！”坐在对面的“小脚儿”掰了一块菜包子扔进嘴里，“就这点屁事，我还当你捡了个金刚钻呢。”她撇一下嘴，转过脸去，右腿搭在左腿上，四五寸长的缠足得意地摆动几下。

瘫瘓的小伙子边吃边扒拉着算盘：“夏大妈，您这月半天事假，半天病假，扣你九毛二。”

“我回头一看，”夏大妈接茬说，“胡同这么窄，汽车这么宽，我可往哪躲？我这个跑呀……要是你那两只宝贝脚，非给汽车打眼儿，没治儿。”她瞅空报复了“小脚儿”一句。“赶我跑到胡同口，汽车才开过去。几个小学生说是‘红旗’；光听人说红旗车，可咱压根儿也不知道什么样的算红旗车，你说……”她在腿上拍了一巴掌，似乎颇为没能把红旗车看个仔细而遗憾。

众人听到“红旗”都肃然得没有了笑声，只有白老头不以为然地“嘁！”了一声说道：“你可真算白活。红旗车？个儿大！漂亮！窗户上的玻璃枪子儿打不透，德国造儿，全那样！”他的目光和瘫小伙子的目光相遇了，于是又补充道：“眼下中国也试验成功了，坐那车的全是中央的名人，早年马连良……”听见瘫小伙偷偷地笑，白老头含糊了。

然而“小脚儿”却独自哧哧地笑了起来，众人越是骂她“疯老婆子”，她越是笑得前仰后合了。

“叫车，叫车！这儿疯了一个！”白老头一本正经地朝门口跑去，“今儿早晨一来，我就看她屁股不像屁股，脸不像脸的了……”

“白大爷，一天事假，俩半天儿病假，扣您一块八毛五。”瘫小伙儿又算清了一笔账。

“扣吧扣吧，省得钱多贼惦记。”白老头在门旮旯蹲下来，慷慨地说，眼睛却仍旧看着“小脚儿”，一脸得意而狡猾的笑。

“小脚儿”终于止住了笑，却打起嗝逆来。“呃！刚才这老东西说我，”她戳了夏大妈一指头，“呃！我非给汽车打眼儿不可，呃！我要是给红旗车打了眼儿，可他妈算我造化了，呃！消消停停一躺，来俩勤务兵伺候我，吃香的喝辣的，呃！”

“您还抽点什么不？”白老头眯缝起眼睛凑过来，脸上又换了一副恭维的神情。

“呃！那是！”“小脚儿”斜扫了白老头一眼，板起面孔。“白老头子——哼！到那咱我还未准用你呢；白老头子！买两条中华过滤嘴儿去。”

“喳！”白老头应道，随即抓起“小脚儿”的手，认真地号起脉来。“您是醒着呢吗？”他又说。

“小脚儿”搡了他一把：“怎么着？他撞了我！”瞧她的意思，仿佛“造化”绝不是什么难事。

“就冲您这把糟骨头？还消消停停一躺呢？是消消停停一躺——在太平间，要不火葬场。”白老头撅断一根火柴，不紧不慢地剔着一嘴黄牙。

“小脚儿”圆睁着眼睛没了词儿，事情真有点窝囊了。“我死了有我儿子呢！”她忽又来了精神。

“儿子死了还有孙子，子子孙孙是没有穷尽的，这山挖一点就会少一点，有什么挖不完呢？三七二十一，三下五除二……”瘫小伙子念经一样地自言自语，头不抬，眼不斜，清理着账目，咬着半拉火烧。

“你儿子怎么着？”有人感兴趣地问。

“他得给我儿子找房结婚！我儿子三十二了，对象二十九了，着哇！”“小脚儿”眼睛都亮多了，虽说菜包子滚到了地上，“这回算抄上了！房管所那破房咱还是看不上了，得他妈给我一个单元，有厨房有厕所的。我儿子儿媳妇住一间，我自个儿住一间……”

白老头捅捅她：“我提个醒儿——你可早让车撞死了。不要紧！那间房我替你住着，将来还能给你看看孙子什么的。”他又耸耸鼻子，大约流些眼泪也容易。“你就算积了阴德，下辈子准托生只好东西。”

有人刚要笑，可是话又被另一个老太太接了过去。说是老太太，其实也并不怎么老，不过是拔了满口的牙一直没镶上，外加有点哮喘。嗓子里的“小哨儿”一响，她说道：“不知怎的！让汽车撞着也分个命好命歹。我们老头子地震那年让车撞折了腿，是农村的手扶拖拉机撞的，你讹谁去？开车的穷得叮当响，怪可怜的……可我们老家有个傻丫头去年让一辆‘上海’撞死了，怎么着？一千块钱！一千哪！才是辆‘上海’……”

众人的眉毛都皱成八字，嘴张得惟恐不圆。这儿再没什么开玩笑的意思了，每个人都放慢了咀嚼的频率，似乎盘算着什么。一时老屋里颇有些寂寞，就连白老头脸上也没有了狡猾的笑纹。

“罗婶儿病假三天，扣您两块七毛七。”惟瘫小伙子例外。

“要是我，”被称作罗婶儿的说，“我就不要那一千块钱，多少钱也有花完的时候，我让他们给我找个正式工作，或者给坐‘红旗’的他们家当保姆就行。我们有个老街坊，不知哪辈子积了德，在一个大干部家当保姆，人家顺手给你点什么破的旧的，用不着的，吃不了的，就他妈够你一发。当然，给我分个正式工作也行……”

众人眉间的竖纹一齐消失，可以算茅塞顿开。

“要不还得说是现在好？”专管钉扣子的卢奶奶从老花镜上头挑着一只眼（对了，她只有一只眼）看着大伙，也有了感触，“早年我们老头子给个开药铺的掌柜的拉包月车，十冬腊月我抱着我们大闺女去找他，他从厨子那儿给大闺女拿了块年糕，还不挨了顿骂？有钱的吃什么？吃……”她伸开两手的拇指和食指，似乎中间是偌大的一个碗或者盘，“吃、吃”了半天，终于也没“吃”出什么来。花镜后面的一只眼眨了又眨。“你瞧，头两天我们老头子还念叨着……噢，吃绿毛乌龟，还让海军捞了活对虾，空军给运……”

“那是林彪！您弄混了。”瘫小伙子双手捧腮，似笑非笑地说。

“嘁！”白老头咧着嘴站起来，就地转了个圈又在凳子上坐下，“你可跟着瞎掺和呀？林彪又成药铺掌柜的了吧，你又吃了林彪的年糕了吧，老了老了弄个历史问题你可怎么跟儿女交代！”

哄笑声中，卢奶奶慢慢合拢伸开的手指，满脸羞愧地笑了一会儿，不言语了。

人们重又回到原来的话题上。

“要是我，说什么也得让他们把我们孩子他爸调回北京来，支援三线时说是三年就回来，这可倒好，我们‘小援子’今年都十三了。”墙角处有人叹了口气。

火炉前有人点了支烟：“甭提了，要是我，能求他们帮着把我儿子从云南转回来就行了。”

“还得给分个正式工作！”柱子后头吐出了一口痰，“我们二小子从内蒙回来两年多了，一直分配不出去。要是红旗车开到厂门口，下道命令？厂长也得屁颠屁颠的！可惜……”

“唉！也甭贪心不足，能给咱们老姐们儿涨几块钱工资就行啊……”

低矮的老屋里又一次沉默了，说是水足饭饱后的发呆，显然不准确，因为一双双眼睛都闪着一种奇异的光——向往的光？欣喜的光？还是如愿以偿的光？说不好。总之，是这间东倒西歪的小车间里罕见的光，是这些年过半百的眼睛里少有的光。人们像一尊尊石像，直勾勾地望着一个固定的地方；有的在抠腮边的痣，有的在揪鼻孔里的毛，有的从鼻孔里抠出些东西来在手指间揉着……好像都在谛听着什么福音。

“冰——棍儿！”深秋的风送进来一声悠长的呼唤，竟把人们从那忘我的境界中唤醒过来。

“唉，我可不想让汽车撞死。”不知是谁最先恍然大悟了。小巷深处响起一阵开心的笑，夹杂着庸俗的污言秽语。

“札札札”的缝纫机声响了，世界又紧张起来。

1979 年

爱情的命运

过去的事就让它过去吧——人们常常这样说，劝人或者自慰。但过去的事如果真能过去，不留任何影响于今天，人们大概就不需要如此地劝人或者自慰。不是么？这样说的时候，一定是为了往事的波涛又在浸痛尚未结疤的伤口……

一

我们从小就认识，她叫我大海哥，我叫她小秀儿。她是我家阿姨的女儿。

阿姨才来时我刚上小学。一天放学回家，一推开门，见一个农村打扮的女孩子坐在沙发上，睁大眼睛怯生生地望着我。

“你是谁？”我问。

“我是小秀儿，我妈在厨房。”她说。

“你妈妈是谁？”我又问。

她摇摇头，依旧那么怯生生地望着我，似乎没有懂得我的话。我饿了，在屋里东翻西翻地找吃的东西，小秀儿睁大的双眼一刻也不离开我。

见我坐下来狼吞虎咽地吃着苹果，她像是放了心，带着几分乡间怯音问我：“你是大海哥？”

“是呀。”我一边嚼着苹果。

她笑了，说：“婶婶说你回来跟我玩……”

“什么婶婶？哎呀！你怎么把新娃娃包上这么多破布！”我看见她怀里抱着舅舅新从国外给姐姐带来的洋娃娃。

“怎么是破布？是被窝……”

“把新娃娃弄脏了！”我跳起来，一把抢过洋娃娃。

小秀儿不声不响，再度睁大了眼睛望着我。然后，开始慢慢地叠手里的几块破布。

妈妈来了，身后跟着一个农村打扮的妇女，小秀儿立刻跑过去，偎依在那个妇女的怀里。那就是小秀儿的妈，我家阿姨。

妈妈狠狠训了我一顿，并要我把所有的玩具都拿出来，和小秀儿一起玩。

晚上，妈妈把台布拿来给洋娃娃当被子，小秀儿的笑声充满了房间，她的天性是活泼的。“大海哥，我当洋娃娃的妈，你当她的爹，行吗?”小秀儿一句话，把爸爸妈妈都逗笑了，只有阿姨却垂了头。

“不，我要当师长，不，当司令官!”我正把帽子捏扁，腰里插着两把“手枪”，在屋子里昂首阔步。

“当官？大海哥，你别当官，当官要坏良心……”

“啪!”阿姨一巴掌把小秀儿打了个趔趄，喊：“不许胡说!”

“您说的嘛……又不是我……”小秀儿小声叨咕。

“啪！啪!”又是几巴掌，“再胡说，打死你!”阿姨真的生气了。

小秀儿哭了，阿姨也哭了。妈妈劝阿姨，爸爸哄小秀儿，我和姐姐吓坏了。

大了，才知道这事的原因。有一次，看完《霓虹灯下的哨兵》，妈妈说，陈喜这个形象颇有典型意义，小秀儿的爸爸看了不知怎样想，他比陈喜多走了一步，进城不久，便抛弃了这母女俩。这样的人有，只是不好搬上舞台。

小秀儿越来越漂亮。大伙儿也都这么夸奖她的时候，我们却很少在一起，偶尔见到，话也少了。阿姨嫁给了一个工人，小秀儿有了爸爸和哥哥。阿姨照样在我家忙，小秀儿却在她家忙，要上学，要做饭，要洗一家人的衣裳。每个学期的期末，阿姨都要拿来一张三好学生的奖状，笑着给爸爸妈妈看，说是小秀儿进步得这样快，多亏了我爸爸和妈妈。

二

“文化大革命”的第一阵飓风便吹毁了我家的四合院。红漆大门贴上了封条，爸爸失踪了，妈妈被四处游斗。我是干部子弟中最不幸的一个，还没容得我穿上军服，戴上袖章，去造反，去高歌，去奔腾叱咤，“黑帮子弟”的头衔便打得我晕头转向。像一片树叶，任飓风吹去，随飓风盘旋，凭飓风安排我的命运。

那时我似乎才真正踏进了人世，长者亲昵的抚爱变作惶恐的冷眼，朋辈的戏谑之言成了罪责的依据，亲戚们的阿谀逢迎改为望风而逃。“革命后代”一旦为“黑帮子弟”所替代，赞扬便永远地消失，嘲讽和呵斥随即袭来……我迷惑、恐惧，我感到了苦闷和凄凉……

妈妈又得了心肌梗塞。每夜在医院看护她的时候，我甚至感到绝望，在心底哀叹着命运的无情。往事浮上眼前，而往事又都已破碎，包括“人生”“幸福”“革命”“理想”，——这往日侃侃而谈的一切。

这时小秀儿来了，带来几样饭菜，说是阿姨叫她送来，妈妈和我都爱吃的；说是阿姨虽已不在我家，却时时挂念着我们。

小秀儿坐下来，用少女特有的善良和同情的目光望着我，说："伯伯和婶婶都是好人，我总也不会忘记他们对我的教导。我不相信他们会是'黑帮'，事情总会弄清楚的。"

"清楚？可有时那是命运。"我说。

"命运？你怎么也相信命运？"她露出惊讶和焦急的神色，久久地望着我。

直到我把饭菜吃光，她才又说："有一回伯伯跟我说起了命运——他知道我妈总把'命啊命'的挂在嘴边上——伯伯说，"说到这里她仰起头，望着天花板，像背一条物理公式似的继续说："命运绝非造物主的安排，因为那样的造物主是没有的。可是人们的头脑中却又为什么产生了命运的概念呢？……却又为什么产生……噢，我的本子上记着呢。"她说着从书包里掏出个日记本，翻开，认真地念下去："那是因为客观世界里总有一些我们尚未认识的矛盾，而它们却又不依我们的主观愿望为转移，有时会影响我们，甚至伤害我们。这就是被人神化了的命运的本来面目。"

"我知道，当时我也在。"我说。

"可伯伯还说，"她急忙又往下念，"我们共产党人的任务，就是要认识那些矛盾，掌握矛盾的规律，驾驭人类的命运。这你还记得么？"

我说："记得。"

小秀儿的眉间现出轻松的笑容。

二十几岁的年华，毕竟是人生最美妙的季节，是春天。它充满了活力、激情和向往。小秀儿尤其是这样，她的眼睛在闪光，她的激情在驰骋，她的青春在迸发，虽然她又是那样的文静。那时，我们便又谈起了人生、理想和幸福。人生是什么？是斗争；理想是什么？是革命；革命呢？是无私地为人民服务；幸福呢？便是这一切的总和。我们为共同的结论而兴奋，直到远处车站的钟声响过十下。"大海哥，你先睡会儿吧，妈要我替你，你都熬瘦了。"小秀儿不由分说，在走廊里找好一条长椅，硬把我拉去，按下，把大衣盖在我身上……

那夜，我做了一个梦，梦见小秀儿紧紧地抱着那个洋娃娃，睁大眼睛问我："我当娃娃的妈，你当娃娃的爹，行吗？"还没等我回答，就听得"啪！啪！"几声巨响，小秀儿哭了，一边哭一边叠着手里的几块破布。

"小秀儿！"我喊了一声，惊醒了。

我悄悄地走进病房，轻轻地推开病室的门，一眼就看见了妈妈那张憔悴的脸，但憔悴的脸上却挂着久已不见了的笑容。

小秀儿背对着我坐着。看不见她的表情，只听见她说："……不怕，婶婶，我不怕，妈妈也不怕。"

"可他们说我是'黑帮'。"妈妈说。

"不，婶婶，我不信您和伯伯会是黑帮，我妈也不信。"我想象，小秀儿那时一定又是焦急的神情。

我看见妈妈在擦眼泪。

小秀儿慌得站起来：“婶婶，您别难过，事情总是会弄清楚的。”小秀儿天天都来，给我们带来可口的饭菜，更给我们带来了安慰和温暖。妈妈的病渐渐好转了，脸色也红润了许多。

真的，那毕竟是人生最美妙的季节，是春天。当春风吹醒了希望和理想，感情便也像解冻的溪水，潺潺而流了。二十几岁是逃不脱爱情的。可是，二十世纪六十年代末的中国人，说起结婚多是那么坦然，而一听到“爱情”这个字眼，都是轻则脸红心跳，重则斜目横眉，甚至嗤之以鼻。小秀儿便是个轻的，那时的我么，自命是一个例外。

一天，车站的钟声响过十下，我对她说：“小秀儿，我想听听你对爱情的看法。”

“什么？”她睁大的双眼和小时候一样。

“爱情，你对爱情怎么看？”

“爱……噢不……我……”她惊惶地环顾四周，然后羞红了脸，用食指抠长椅的边缘。我永远不会忘记她那健康、朴素的美。

“我今晚要早点回去……”她站起来。

“这个你拿去。”我掏出一本书。

“什么？”

“《马克思的青年时代》，你看吧，无产阶级也需要爱情。”我当时很觉得自己是个男子汉，是个指导者，甚至为此飘飘然了。

第二天她来得特别早。我吃着她亲手做的饭菜时，“爱情”这个字眼第一次从她嘴里说出，尽管仍带几分羞涩。她说她为马克思和燕妮的爱情所感动。燕妮家有钱有势，好些纨绔子弟追求她，而她却选择了贫穷而又名禄全无的马克思。

“是共同的理想把他们连在了一起，理想指引着爱情，爱情又增添了他们为理想而奋斗的力量。”我总结。

她同意，还特别翻出书上的一句话给我看：她不会拿他去换任何一位爵爷。

就这么，我们谈起了爱情。小秀儿在她固有的一切美之外，又添进了开放的思想和热烈的感情。我以为那是我的功劳，她也承认。那时的小秀儿啊，笑声和歌声是她的影子。我们朝夕相处，读书，发议论，品评现时，回忆过去，憧憬未来……春天，万物都在更新、生长、创造。

我总不能忘记，我们一起读了鲁迅的《伤逝》。我们为涓生和子君的结局而悲哀，为我们生在今天而庆幸，并且坚信了一条哲理：只有共同的理想和斗争能使爱情时时更新、生长、创造；一旦沉入卿卿我我，为家庭的天地所束缚，爱情便要无聊，便要僵死。于是我们商定，我们要爱得不同凡响——革命而又浪漫。这就是我们为什么同去边疆而又不在一起的原因。

三

塞外的寒风并不能吹去春天，并不能吹毁萌芽。柏拉图式的爱情插上了书信的翅膀，三年，书信积成了捆，小秀儿说那是我们的鹊仙桥，我说那还会是我们的证婚人。

翻开那些书信，随时可以找到马克思、列宁、毛主席，可以找到曹雪芹、鲁迅；可以找到巴尔扎克、车尔尼雪夫斯基、奥斯特洛夫斯基；还可以找到“九二〇”、土壤、育种……

然而，命运到底有没有呢？

爸爸解放了，我上了大学。如今我已无需说谎，是的，正是从后门。但那时我并没有告诉小秀儿，为了我们共同的理想，为了小秀儿的爱。小秀儿绝对地相信我，那时她在信中竭尽嬉笑怒骂，她笑行贿是黑夜的偷儿，骂走后门是明火执仗的强盗；她为钟志民的反戈而振奋，为张铁生的得势而愤怒；她为总理的艰苦朴素和谦恭下士所感动，为江青的附庸风雅和勃勃野心而惊诧。她是一炬燃着的火，而我却已像一堆烧尽的灰。我每日只在English的领域中思想，只为出国的前景所激励，而这一切都不过是后门的恩泽。我不愿说穿它，或者竟是不敢，为了小秀儿纯真的爱和连接那爱的理想。我随声附和着她，欺骗着她，甚至躲闪着她。

慢慢地，小秀儿的信稀疏起来，信中透出了忧愁、彷徨和沮丧。记得她从兵团写来的最后一封信是这样结尾的："……又一批人走了，当兵去了，回城去了，进歌舞团去了，进报社去了……都是靠了好爸爸的功劳。试验田荒芜了，农科站倒闭了，人心散了，各谋归宿去了，八仙过海，各显神通……大海，这间屋子里只剩下我一个人了，我也渐渐觉得模糊。"

我接二连三地给她写信，却不见回音。大概是她终于发现了我的虚伪和欺骗。

一天，她忽然来了，从兵团回来了。然而那迷人的笑靥没有了，欢快的歌声没有了，迸发的活力没有了。小秀儿变得倦怠，愁苦。

当我们踏着香山落叶的时候，我胆怯地问她，还爱我不？她苦笑着点了点头，说："大家都一样，何必怪你呢。"

我怕她的苦笑，那使我感到陌生，使我感到在我们之间隔了一道无形的墙。"小秀儿，你现在怎么想？"我问她。

她叹了一口气，说："我在想命运是怎么一回事。"

"怎么，你相信命运？"

"我也不知道……当然，我知道造物主是没有的。"

爬上了鬼见愁，夕阳已经沉在了脚下，飞鸟叽叽喳喳地归巢。小秀儿忽然说："你不觉得《红楼梦》上那句话很现实么？"

"哪句？"

"好一似食尽鸟投林，落了片白茫茫大地真干净。"她又是那么苦笑。

我怕她的苦笑，那使我心酸、心疼。“小秀儿，你也回来吧……”我建议，但那实际像是央告。

“怎么回来？”

“把我们的关系向爸爸妈妈公开，然后让爸爸想办法把你转回来。”

她沉默了，但她心里一定在搏斗，我听见她急促的呼吸，看见她起伏的胸脯。直到远山渐渐模糊，她才说：“我妈也这么说，还说我的命比她好多了。”朦胧的月亮已经升起，她又说：“前几天，我看了几句诗：‘一切都破灭了，惟有那纯真的爱，像飞瀑长流，像青松不衰。’可那是小资产阶级情调呀，我心里特别矛盾……”

“我们在一起，我们还要革命，还要携手向前。”我说这话时，见她眼睛里又闪现了向往的光。

她大胆地靠紧我，含着泪水点了头。

四

那时，妈妈虽已常常向我提起婚姻问题，却从来没想到过小秀儿。为了不同凡响，我也一直没向她公开。但我知道妈妈是喜欢小秀儿的，我相信她准会同意。妈妈同意，爸爸准会帮忙。

然而，命运到底是怎么一回事啊！

偏偏这时，小秀儿的哥哥被抓起来了，罪名是参加了“反革命组织”，恶毒攻击“中央首长”。不久，小秀儿的爸爸也被查出了问题，说他本来就是个坏分子，说不定还是个漏网地主。

“那不会是真的！难道你没尝过那些人的信口雌黄？”我几乎是在朝妈妈喊。

“我们最好还是，暂时少和他们来往吧。”妈妈还是这么说。

“不，这不可能！我爱小秀儿，我们已经确定了关系！”

“什么？”妈妈惊呆了。

“是的，还要请爸爸帮忙，把小秀儿转回来……”

妈妈考虑了许久，对我说：“爸爸和我虽是解放了，问题却没了结。尤其是因为爸爸当时说过一句‘江青是戏子’，他如果帮这个忙，会招来不可想象的后果。再说，你学外语，将来出国，出身和社会关系都是重要的……”

“妈妈，你这是庸俗！是的，是庸俗！甚至是卑鄙！”我喊着，跳着，怒不可遏。

“大海！你愿意爸爸再被打倒，愿意妈妈心脏病复发吗？大海，我……”

我把决心暂时藏起来。

为了学校里的事，我有几天没去找小秀儿，再去的时候，就感到一种异常的气氛。小秀儿默默不语，阿姨忽然变得客气，便是邻居，也用异样的眼光看我，开始，我以为那还是为了小秀儿的爸爸和哥哥。我安慰阿姨，没想到阿姨却哭着对我说："你以后别来我家了，不要连累了你们。这些年没少麻烦你家，尤其是小秀儿小时候那几年，我们孤儿寡母，多亏你家。咱不能忘恩负义，做出没良心的事来。"

"阿姨，你说什么呀？"我简直发蒙。阿姨出去了。

"阿姨这是怎么啦？"我问小秀儿。

小秀儿当时的样子啊！我现在还常常在梦中见到。她一动不动，脸上毫无表情，只有眼泪如泉水般地涌出，沿着苍白的脸颊流淌。

"小秀儿！你怎么啦？"我摇撼她。

许久，她才抹去泪水，说："我们出去走走，我告诉你……"

在小胡同昏黄的街灯下，她告诉我："婶婶今天来了。"

"是这样，妈妈发昏了！我去找她！"我蹬上车要走。

小秀儿拉住我，不让我去，并要我保证，要我发誓，不许跟妈妈吵。因为她答应了妈妈，不把这事告诉我。

"既然如此，我们就不要管她了，现在是恋爱自由，婚姻自由！"我说。

"不！绝不！"

“什么绝不？”

“咱们断绝来往吧。”小秀儿说。

“这不可能！我们为什么要分开？”我觉得恐怖。

小秀儿倒仿佛平静了，她说：“我不愿意连累你和伯伯婶婶，我也不愿意做那种角色……”

“哪种角色？小秀儿，这就是你的庸俗了！”

“难道你才发现我的庸俗？”她第一次用这种语气跟我说话，但马上她就向我道歉，求我原谅，说一切都等以后再说，她明天就要回兵团。

“小秀儿，我一定想办法把你转回来！一定！”我喊。仿佛这一切都是因为那条狭窄的胡同和昏黄的街灯，每在噩梦中，我都在把它们砸灭，把它们捣毁。

五

爸爸妈妈不同意，我更不能去做强盗，但我可以去做偷儿。然而，偷儿毕竟在乡间容易得手，乾坤朗朗的城市里有警察。我的“中华”和“茅台”并不能打动知青办的心，反而招来了斥责。爸爸为此大发其火，说我比林育生有过之而无不及，这样下去如何接革命的班。并得出结论：与妈妈的娇惯有关，是阶级敌人作祟。

我看透了，看透了世间的虚伪与滑稽……而我自己也包括在内。

偷儿无需再做了，小秀儿走了，再也没来信，阿姨搬了家，并嘱咐邻居不告诉我新居所在。做得真彻底，一切可能向我泄露秘密的地方，都向我翻着白眼儿。

我和爸爸妈妈闹翻了，也为了不让那些旧景戳痛我的新伤，我再也没回家，再也不去走那条狭窄的胡同，看那盏昏黄的街灯。

暑假，我回了一趟兵团。尚在兵团的人们都羡慕我的当时，祝福我的未来。他们告诉我，小秀儿已转回北京去了。一个有办法把她转回去的人爱上了她，只是因为不久前阿姨忽然得了半身不遂，而反革命家属自然不易享受“有一个子女在身边”的革命待遇，小秀儿才同意了那门婚事儿。

回到北京不久，我收到了小秀儿一封没留地址的信。信中说，她正准备和一个比她大十五岁的人结婚；说她此生此世只在心底爱着一个人，就是我；还说她也渐渐感到自己是那么软弱、庸俗，甚至卑鄙。她求我忘记她，愿我幸福……

信是这样结尾的：“我相信了命运，当然不是因为我发现了造物主的确有，而是因为当我在数学界寻求安慰之际，懂得了有限的系数无论多大，在无限面前也等于零。世界上的矛盾和规律是无限的，而人们的认识永远是有限的。”

小秀儿如今怎样了，我不知道。这是我第一次向别人讲起她。几年来，我靠了“过去的事就让它过去吧”来度日，来苟安，来麻醉。我爱上了做梦，在梦中能见到小秀儿，我要唤醒她的理想和激情，我要她恢复那属于我的纯洁的爱。

1978 年 4 月 24 日　北京

白色的纸帆

我把五个候选人的名字依次写在统计表上——五个陌生的名字。第一个是警察，这我记得很清楚。第二个呢？其中有一个是诗人，但忘了是第几个了。管他！反正都一样，五个人之中无论哪三个中选，对我来说都不过是一件工作、一个费尽周折而谋来的职业而已。是人都得有一种谋生的方法。

窗外的夜来香蔫了，只一夜。三十年，好像也只是一夜。扒在墙头上看大人们投票而摔伤了腿的事好像就在昨天……爸爸异常心疼地把我搂在怀里，妈妈小心地给我包扎伤口。我问爸爸为什么没去投票，爸爸不言语。我又问妈妈，妈妈说已经投过了。“我呢？”“你还小。”……然而，好像只一夜，我已经老了，三十岁，一脸皱纹，就像窗外那朵夜来香。珍珠霜没用。

老江把红色的票箱抱进来，又阴沉着脸出去了。为了那个疯子投了票的事，他一定是后悔了，后悔当初不该管爸爸的闲事——我终于能“困”退回来，并且在这间明亮的办公室里有一席栖身之地，全是靠了老江。不，全是靠了爸爸有幸为他的老上级镶了一口好牙。

“都调查过了，那个疯子肯定是去投了票。”门外传来一个女人的声音。

“肯定？肯定投进票箱了吗？”问话的是老江。

“没办法了，看见的人很多。”

老江叹了一口气。

“到处都当笑话在传，说他投完票还背了一段语录，背的是‘你们要关心国家大事’。”

为了这件事，爸爸昨天晚上冲我大发雷霆。“刚上了两个月班就出这么大的错，你把我的老脸丢尽了！”“让你的老上级把那口好牙吐出来，我再回我的小山沟去！”我毫不示弱，从厨房里探出头冲爸爸喊。“混账话！”爸爸拍桌子。“狗崽子话！”我说。幸亏爆葱花的声音更大些，爸爸没听清。妈妈慌忙把爸爸往里屋拉。爸爸还在喊：“三十岁的人了，整天昏头昏脑不知在想些什么……”

我想着我的梦……还是踌躇着，不敢走向那条小河，不敢走向河边的那片草地，河对岸的那座灰楼。但我已经望得见它们了，听见了小河的“叮咚”声。那儿藏着一个十六岁少女的梦。

十几年了。每次梦中，小河还是闪着星光在我身旁流过，虫叫、蛙鸣、夜露清凉……他从三层楼的窗口顺着绳子溜下来，学着蛐蛐叫，带着满身汗酸味摸到我身旁……“你比我大八岁。”梦里我总是重复着这句话。我跪在小河边的草丛中，用衣袖给他擦拭那支闪亮的长矛。他就双手垫在脑后，仰面朝天地躺在我面前。我竭力想看清楚他的脸，但月亮落了，太阳还没有升起。他揪住我垂下来的辫梢：“没办法，只有天亮前这一段黑暗是咱们的。”他的声音圆润，轻柔。“你比我大八岁。”我又说，心里觉得委屈，似乎“八岁”是一道不可逾越的鸿沟。他用一根小草把我的两根小辫扎在一起。“你一定很漂亮。”他说。他慢慢地扎，揪得我有些疼，笨拙，可是认真。“没办法，天一亮他们就要开枪。”我说。“小妹妹，如果我死了，我也不会为碌碌无为而羞愧了。”他的声音忽然变得虚幻、缥缈，像草叶上吹过的夜风。我急得要哭：“不，你不会死，你才二十四岁！”“我在那些星星上等你，你还来给我们送馒头，避开‘红团’的封锁……”他的声音飘远了，飘进了没有尽头的黑色的宇宙。就在那一霎，我看见了他的脸，但那是一张像老柏树皮一样的老人的脸，满头白发，弓腰驼背，无声无息地织补着一张破旧的渔网……

“准备好了吗？”老江在桌子那边坐下，老花镜上缘挑着一双严肃的眼睛，总使人觉得他不曾有过童年。

我把统计表往他眼前推了推，又用钢笔扒拉回来。

他从票箱里掏出一张选票，沙哑着嗓子念道："前三个是圈，后两个是叉。"

怎么，第一张就是我的？投票那天很忙乱，本想再问问第几个是那位诗人（不知为什么，我觉得诗人信不过），但没来得及，便顺手在前三位名下画了圈。也忘了第一个是警察。

"以后什么大事也不能交给你们这些年轻的去干，我早说过，"老江擤擤鼻子，愤愤地嘟囔着，"普选试点这么大的事……前三个是圈，后两个是叉。"

我又在前三位名下画上一横，看来图省事的并不止我一个。

"也许还能把他那张选票找出来？"我说。

"别做梦，姑娘，这是不记名投票。前三个是圈后两个是叉。懂吗？你怎么找？"

但我已经走到小河边了。为了给对岸那座灰楼里的选民们送去选民证，我竟轻易地踏进了这片梦境，轻易得连我自己都感到惊讶。十几年中，每次探亲回来都指望能在无意中看见你们，但每次又都绕道而行。想做那个美梦，又怕再做那个噩梦……

草丛显得比过去低矮、稀疏，细细的河流不知什么时候变成了暗红色，疲倦地流着。没有虫叫和蛙鸣，连青苔和泥土的气息也显得淡薄。河上漂着从化工厂里冲出来的废塑料商标，飘散着一股铁锈味。太阳正骄横地灼烤着大地，空气在地面上颤抖。

一个光着膀子的大汉正和一个五六岁的小姑娘蹲在对岸的树荫下，低着头往河里放小船。一排纸叠的小船，五颜六色，像一道彩虹，还都扬着一面白色的纸帆。

“一、二、三、四、五。”小姑娘数着，小巧的食指伸得很直。

船队在水面上悠悠地漂去了，漂远了，不见了。小姑娘踮起脚尖久久地眺望，风吹开了她的小褂，露出鼓鼓的小肚子。“它们开到哪儿去了呀？”她把手指含在嘴里，喃喃地说。

灰楼的每一扇玻璃窗都在燃烧，使人觉得不安宁。我寻找着我们经常在那儿相会和分手的那片草丛，记得那儿有几株不知名的灌木。既然来了，就不如找到它们，即便是噩梦。人有时候得信命。是我自愿来的，我向老江要求，让我来给这座灰楼里的选民发选民证。也许是因为书包里这些白色的卡片可以安慰楼顶上那片深深的弹痕？十几年前的那个深夜，星星跟着我走到这儿，我也是自愿来的。我蔑视爸爸妈妈的劝阻，决定支持被包围在这座灰楼里的“革造”派。十六岁！十六岁并没有很多观点，十六岁的、右派的女儿只是想以不同寻常的英勇行为获准参加到伟大的运动中去。只有受压的组织才肯收留一个右派的女儿，十六岁都可以作出这么有远见的判断了。……背着馒头和咸菜，避开戒备森严的大道，从小时候捉迷藏时发现的那条秘密的小路走来，荆棘和酸枣刺划破了衣服和胳膊……在草丛中爬，露水从草叶上滚落到衣领里——姥姥说过，那是一个没有兄弟姐妹的小姑娘的泪水；小姑娘躺在草地上对着月亮思念死去的父亲……没有月亮，只有星，我祈求每一颗星星，让我碰上一个好人吧！一个像洪常青或者卢嘉川那样的人，他能把我带到伟大的革命洪流中去。伟大的革命洪流就在小河那边，就像抗日战争或者解放战争……

她曾多少次遗憾自己生得太晚呀，她在很小的时候就决心不做爸爸妈妈那样的人，正像她非常看不起于永泽那样……

“前三个是圈，后两个……听见没有？后两个是叉。”

前三位名下已经有十好几个“正”字了。

“年轻人应该多把脑子往工作上用，你说呢？前三个是圈，后两个是叉……”

……爬到了那几株小灌木旁，我喊：“同志们，我给你们送馒头来啦！”四周响起了枪声。我扑倒在草丛里，把馒头压在身下，就像子弹会把馒头打死似的。“把‘红团’的火力引到这儿来！”楼顶上传来一个勇敢的声音。真像样！

是他喊的，后来他终于承认那是他喊的。

……我为自己的胆怯而羞愧，跳起来，蹚过小河，冲向灰楼。如果有一颗罪恶的子弹穿透我的胸膛，后人还会唱起那支歌：五月的鲜花，开遍了原野……

她当时就是那么想的，那个穿着用从商店里买来的绿布做成的“军装”的小姑娘。

……一个黑影把我扑倒。“别咬，小妹妹你别咬，是自己人。”那声音粗犷又亲切。自己人？我委屈地哭了，一半是因为有了“自己人”，一半是因为想起了妈妈大概正四处找我呢。“我死了吗？”我听见我低泣的声音。他“吭吭吭”地笑了，把我抱到墙根下，一股劲说：“真行，小妹妹你真行。”我多么愿意有一个大哥哥呀！可我没有，我只有一个右派的爸爸，妈妈只会叹气，弟弟妹妹还不懂得人生。我不想从他怀里挣脱出来，他的胳膊真有劲，热乎乎的一股汗酸味……

“不是吹，干了这么多年工作，哪怕是一丁点小错儿，我老江也没出过。前三个是圈……”

“其实，多一个精神病人的选票又有什么关系？”我本来没想说出声。

“这是法律，姑娘！疯子和傻子都没有选举权和被选举权！”老江一挥手，险些把票箱碰翻。

“我是说，反正不会影响选举结果。”

“可选票是有数的，多出一张来怎么向上边交代？后两个是叉……再说上边已经知道了。写个检查呗，我老江这辈子还是‘大姑娘上轿’——头一回。”

小姑娘在每只船篷上都插上一面白色的纸帆。又一支船队下水了。

“它们要开到海里去了吧？”小姑娘仰起脸来问那个光着膀子的大汉。

大汉不言语，只顾低头重新叠一只纸船。

小姑娘又站起来眺望。又一道彩虹漂去了，漂远了，不见了。“开到海里去了。”小姑娘忽闪着梦一般的眼睛，小嘴张得圆圆的，打了个哈欠。

大汉连头都不抬一下，似乎他只醉心于造船，似乎他相信河流会稳妥地安排小船的命运。这是个不会带孩子的父亲，要不就是个哑巴。

灰楼里传出李双江的歌声。在他常常溜下来的那个窗口，一个妇女正在晾尿布；在另一个他常常溜下来的窗口，坐着一个老人。“再见吧妈妈，假如我在战场上光荣牺牲，山茶花会陪伴着妈妈……”我浑身发软地坐倒在草地上。他的妈妈如今陪伴着什么呢？

……他把一个装得厚厚的信封塞在我手里。“帮我寄封信好吗，小妹妹？”他说。“给谁的？”不知为什么我有些担心，十六岁少女的心在“突突”地跳了。“给妈妈，我已经有半年没接到妈妈的信了，给她的信也寄不出去……”他趴在草地上，用长矛在地上挖着。我还是看不清他的脸，但我觉得他在竭力不让泪水流出，因为他的呼吸有些颤抖，许久许久不出声。“会有人照顾你妈妈的。”我说。我是想安慰他。“没有，妈妈只有我一个，她盼我大学毕业后回到她身边去。”连星光也没有，乌云推迟了黎明，我们趴在草丛里，比每夜都待得久。“她在小岛的岸边，每天织捕鱼网，网丝就像她的白发……你见过海吗?”“海是蔚蓝的?”“海经常变幻颜色。”“金色的海滩上有很多漂亮的贝壳吗?”“你爱吃螃蟹吗?我们那儿可多了。”“我有点怕，可我爱吃椰子。”“你见过木棉花吗?红得像火。”“海风呢?很清新，鼓起点点白帆，是吗?”“有时候也很凶猛，海浪也会吞没渔船……爸爸就再也没回来。”“解放前?”“不，他那只小船太小了，又不结实。”“你害怕过吗?”“你是说海?”“不，我是说‘红团’派向你射击的时候。”……灰黑色的夜雾在草地上飘荡，我们互相挨得近些，更近些。只有小河“叮叮咚咚”地流着，像我们的心声……楼上有人学蛙鸣，催他快些回去。天快亮了。他爬起来，背起那袋馒头。“如果我死了，妈妈最终会理解我的，她会为她的儿子感到骄傲的。”他说。他“哗啦哗啦”地蹚过小河去。我把厚厚的信封贴在“突突”激跳的胸前。他正是少女心中那种为了理想献身的英雄。我想象着他的模样，像洪常青?卢嘉川?

还是像牛虻？

“注意，你想什么呢！”老江的声音吓了我一跳。“我知道你就得记错。”

“没错儿，前三个是圈。”我说。

“这回五个都是叉！”

跟五个都是圈的效果一样。刚才有一个五个都是圈的。

“前三个是圈，后两个是叉。”老江那单调的声音又响起来了。

“是说不唱票了吗？”我问。

“这不是在唱吗？”

“我是说公开唱票，向所有的选民。”

“不该你管的事你倒是挺能动脑筋。”老江哈了哈老花镜的镜片，用衣角擦着。

“让你干什么就干什么。精神病投票，你这娄子还嫌惹得小是怎么着？”

“你不在船帆上写几个字吗？”小姑娘对那个大汉说，“爸爸活着的时候就写。”她趴在他背上，用纤细的手指轻轻地理着他蓬乱的头发。原来他不是小姑娘的父亲。

“写什么？”

哦！大汉的声音就像唱机的速度突然变慢那样，暗哑、呆钝。他也不是哑巴。

“一、二、三、四、五。”小姑娘又翘起手指数小船。“你干吗老是叠五只呀？”她凑在大汉的耳边问。

“你五岁。”大汉说。

“它们开到海里去么？”

大汉不言语。

“不，海很远，纸叠的小船开不到。”我向对岸的小姑娘说。

小姑娘却不以为然地白了我一眼，那意思是：我问你了么？然后，她又摇晃着大汉的胳膊：“是开到海里去了，是！”她噘起嘴，甚至要哭了。大汉低着的头终于点了点。

小姑娘满意地长吁了一口气，偎依在大汉膝旁，托着腮，望着河水。

“您不能糊弄她，孩子什么都当真呢。”

大汉向我仰起脸来。唔！我一脚险些踏进河里；他的眼神呆滞，阴冷得怕人，嘴边还挂着涎水。

电话铃响了。老江对着话筒“哼哼”了两声，忍气吞声地挂了电话。“事惹大啦！”他斜了我一眼，嘟囔着：“全知道了，试点，试点，试出个疯子选举的点来！”

“是我干的，我一个人承担责任。”我说。

“你承担又怎么样？这个试点归我负责。上边也是瞪着两眼说梦话呢，一定要把那张选票找出来，挽回影响。”

“怎么办?”

“实在没辙，随便找出一张来，就说是那个疯子的，妈的，反正都一样，活人别让尿憋死。喂，别发愣。前三个是圈，后两个是叉。”

我走进灰楼，走上楼梯。楼梯两边的墙上，“打倒刘邓陶”的墨迹依稀可辨，只是上面又多了一层粉笔写的骂人的话，证明这不是“革造司令部”了。什么时候改成家属楼的?我忽然意识到，我终于走进这座当年那么令我神往的楼里来了。……“不，今晚我就不回去了!”我生气地甩开他的胳膊，想要蹚过小河去。他一把把我拉倒在草丛里：“不，我不许!”“你!你不是卢嘉川，你是于永泽!”少女的秘密就这样泄露了。他紧紧地搂住我。我听话地在他怀里抽泣，咬他粗壮的胳膊：“‘红团’马上要总攻了，我要和你在一起，死，死在一起。”“不，你不能死……”“那你呢?”“我?我也不死……我要回到海岛去，妈妈在等我。你愿意和我一起去吗?”我点头，使劲点头，把嘴贴在他厚实的胸脯上，堵住哭声。我枕着他的胳膊，梦想着海……星星快要灭了，楼顶上又传来催促他的咳嗽声……

昏暗深长的楼道两边交错地站着两排火炉，像是仪仗队，像是在标榜那是一个家。我差点撞在垃圾箱上。二氧化碳的比例肯定不小。幸亏楼道两头的玻璃窗早已荡然无存。我翻开选民登记册，敲着每只炉子旁边的门。

“这是您的选民证，要认真行使自己的公民权利。”我微笑着说。

“当然当然，这是党给我们的光荣权利。”选民微笑着说。

“这是您的选民证，光荣的权利要认真行使。”我微笑着说。

“这权利是党给的，来之不易，当然当然。”选民微笑着说。

…………

下回再有这差事，不如带一台录音机，把那几句话事先录好，到时候一放就行了。既可以提高工作效率，又可以减轻劳动强度。微笑怎么办呢？也许能用电针机？在针灸科见过那玩意儿。需要在颤动的肌肉上刺进银针，接通电源，还可以控制微笑的频率。

“前三个是圈，后两个是叉。”

老江也需要一台录音机。

“您只要说‘同上’就行了。”

老江不以为然地看了看我，继续念道：“前三个是圈，后两个是叉。”

随他去吧，他宁肯要一种低效率、高强度的工作方法。光是引进先进技术可没用。比如说，用录音机就对付不了一些特殊情况……

一个头发快掉光了的老太太抬起浑浊得发灰的眼睛，问我：“姑娘，这证儿从几月份开始用？这个月有芝麻酱吗？”……那个像宾努亲王似的不住地摇头的老头儿，仔细查看了选民证，慨叹道：“这回一人一个就好了，要不我家人口多，按户供应的东西总要吃亏。”……

楼下乱哄哄的，似乎发生了什么事。在楼梯拐弯处的窗口，我探出头去。

“噢！背一段，背一段最高指示！”

“背一段，背一段给你说个媳妇儿！”

一群冒着烟儿的小伙子正围着那个大汉寻开心。大汉蹲在河边，大惑不解似的呆望着众人。彩色的纸片从他膝上飞开了，飞得到处都是。小姑娘哪儿去了呢？

“背呀！背那段，知识青年到农村去受罪很有必要……”一阵阵尖亮的口哨声和笑骂声。

大汉猛地站起来，喊道：“你们胡说！”声音仍是那么喑哑、呆钝。

“那听你的。”一个穿花格衬衫的小伙子冲众人喊：“别叫唤了！听‘决裂老兄’的高见！”

“知、识、青、年、到、农、村、去……”他一字一板地背起来。

“听说他当年还是‘彻底决裂’的典型，上过报纸？”我问老江。

“谁？”

“那个精神病，投了票的那个。”

“前三个是圈，后两个是叉。”

“听说当时他父母拉他的后腿，他还把‘战友们’召集到他家里，做二老的思想工作？”

老江向我抬起一脑门皱纹：“工作的时候就只想工作，嗯？”

老江曾经是知青办的头儿，我差点给忘了。

“听我那个老首长说，你父亲是个非常认真的人，你应该像他那样对待工作。总想别的事，工作上非出错儿不可。”

像爸爸那样认真地当二十年右派吗？还是像您的老上级那样，认真地被人把牙齿打掉？像爸爸那样认真地给他镶一口好牙？然后认真地跟他说“我有个女儿在云南”？然后您老江认真地打开后门？我认真地报上户口，就像过去认真地写过十遍入党申请书那样？也许就是您那位老上级当年认真地把我爸爸划成右派的吧？当然，把我爸爸划成右派的那个人已经在“文化大革命”中认真地跳了楼……

"在、那、里、是、可、以、大、有、作、为、的……"大汉认真地背着。

我想哭，哭我这碌碌无为的而立之年么？

……星星特别多，银河像一缕轻烟横过深蓝深蓝的天。我们最后一次趴在草丛里……"你去建设新农村，消灭三大差别。"他抚弄着我的头发说。"你在为毛主席的革命路线而战。"我说，用头使劲顶他那结实的胸膛。"这样，在我们死的时候……""不，你答应过我，你不死！""当然，三天后我们就能突围。你不会忘了我吧？""你坏，让你坏！"我掐他的胳膊，"嘘——疼了吧？""你去吧。""毛主席的号召，我必须去，我愿意去。""我不会拉你的后腿。"他笑着说，"在我们死的时候……""你还说！""我是说，在我们死的时候，不会为碌碌无为而羞愧了。""我当然相信！"……

"别他妈总背这一段了！唱一个，唱一个！"

大汉唱了起来："是那山谷的风，吹动了我们的红旗……"

唔！我们这一代人都曾为这样的歌声激动过。还有那支歌："在那春光明媚的早晨，列车奔向远方，车厢里满载着年轻的朋友们……"在我还是个初中生的时候就熟悉这些歌了，憧憬着戈壁滩上的红柳，云南的橡胶林……

大汉唱着，呆滞的目光中似乎透出一种向往、欢乐和骄傲，向着天空和太阳。

哭什么呢？哭有什么用呢？那不是革命，是浩劫；而上山下乡更不过是一种权宜之计。青春倏忽而逝了，作为呢？理想呢？我反复设想，如果十几年前我们都冷静些呢？不，这不是个冷静与不冷静的问题。我至今也看不起那些及时躲进书斋去的“于永泽”，我仍然热爱那些满腔热血的勇敢的“卢嘉川”。然而命运常常拿人取笑。恶作剧。他们热血沸腾地奔上时代的列车，却不知道列车把他们的青春和理想载向何方。

唉，只有一趟列车，而且你不知道司机的愿望。

“听说有另外一种选举办法。”

“你脑子里尽是新鲜玩意儿。前三个是圈……”

“参加竞选的人要首先把各自的主张、目标、政策乃至某些具体规划和数字告诉选民。选民可以进行比较，自己选择自己的命运，不会连候选人长得什么样都不知道。”

“异想天开！”老江说。

昨天晚上爸爸也是这么说的——“异想天开”。他真可谓是“吃一堑长一智”了。“我劝你。”爸爸说。“我也劝您！”我说罢扭身走开……

小姑娘跑来了，拉住大汉的手：“别唱，你别唱！他们逗你呢，他们气你！”

大汉低下头看着小姑娘，像木头似的站在人群中。

“啊哈！娟娟，他妈花钱雇你看着他的吧？”

“可惜娟娟太小了，要不然可以当他老伴儿！”

“滚蛋！滚蛋！”小姑娘朝那些人吐唾沫，扔石子。“就不许你们欺侮他！”

“哟嗬！原来是个小爪牙，是他的同党。”

忽然，大汉喊起来：“我不是闹派！我没有想篡党夺权！我有平反证明……”他失魂落魄地跑出人群。众人都愣住了。

小姑娘朝大汉跑去……

……我们手拉着手，望着星空。“但愿人长久，千里共婵娟。”他说，“可是连月亮都没有。”“那就千里共星光吧。”我说。我们就要分别了。我还是看不清他的脸。“可我们等于是还没有互相见过面。”“没办法。”“我想白天来看看你。”“那太危险了。”“你不想看看我？”“你一定很漂亮。”“说不上‘很’。”他笑了：“这得由我来判断。”“白天，六点钟，太阳出来的时候我来。”“你假装从前面的小路上走过，我站在楼顶上。”“你举起长矛，我就知道是你。”“你呢？”“我还拿着这条装馒头的口袋。”……

我又走下楼梯。我推开一个门，屋里异常杂乱。一只老黄猫正在床头酣睡。

“这是您们的选民证，是党给的光荣权利……”

两位老人格外亲热地给我让座、沏茶。

“别忙，我不渴。这权利来之不易，要认真行使。”

老太太抓住了我的手，老头儿挡在门前，似乎我正在被逮捕。

“有什么事吗？”我问。

两位老人互相使眼色，“吭吭哧哧”的。

“是这么回事，”老头儿终于说，“能不能给我儿子也弄一个选民证儿？”

“他多大了？”

“三十。”

“对不起，是我们工作上的疏忽……”

“不，不怨你们。给他个假的就行。”

见鬼！我看看四周，怀疑是否在人间。

“因为，因为他有精神病，所以……”

原来如此。“那个小姑娘是谁？”我问。

“噢，邻居的孩子。是这么回事，要是没有他的选民证，他又得犯病，我们再怎么跟他说已经纠正、已经平反，他也不会信了。”

“可是精神病患者没有选举权呀？”

“可他会以为是因为还没有平反。求求您，他的病才见好。弄个假的骗骗他就行，到时候也让他去投个票，当然，也是假的……”

我同意了。

“你看，这张选票简直是胡来。”老江举着一张选票凑过来。

这有什么稀奇？我不想理他。眼前的问题是，我得赶紧写个深刻的检查，否则事情闹大了也麻烦。

“这显然是对普选有一种敌视思想。”他翻来倒去地琢磨着那张选票。

“思想又不犯罪！”我说。

“可这已经是行动了。”

饶了我吧，我可不想跟您辩论这个永远辩论不清的问题。

我得在检查上说清楚，没有那两位老人的责任，是我给他精心绘制了一个假选民证。谁知道怎么会弄假成真了呢？

“你看嘛，五个候选人他都不同意，这倒还没什么，可他又把另一个人选了五遍。”老江如临大敌般地搓着手，似乎在寻找一样防身的武器。

不过，我事先跟监票的打了招呼，说明了情况，可他们给忘了，这不能怨我。

“我说你倒是看看呀！”老江急了。

我端起茶杯，吹开浮在水面上的茶叶。

“看看，做贼心虚，还不敢写真名真姓，光写‘娟娟’‘娟娟'‘娟娟’……"

“什么?”我抢过那张选票……

我走出灰楼。人群早已经散了。河边上只有那赤膊的大汉和那个小姑娘，他们依然蹲在那里放小船。

“爸爸说过，船帆上的字代表希望。”小姑娘用手遮住刺眼的夕阳，望着小河的尽头。

又一支船队下水了，五颜六色，像一道彩虹。我走到河边，蹲下，看见每一面白色的纸帆上都写着两个字：娟娟。

我终于找到了我们的那片草丛。坐下；那几株不知名的小灌木并没有长高多少。……太阳升起来了，金色的晨雾笼罩了灰楼。六点，他举起了长矛，在楼顶上。啊，太远了，我还是看不清。他的皮肤很黑，披了一身金光。我使劲向他挥动口袋。他在笑，白白的牙齿。你看见我了么？我向他跳，挥着手跳。他为什么不笑了？他在喊什么？他那么着急地挥手跺脚干什么？我向河边走。近些，再走近些，“趴下！趴下！”为什么他让我趴下？可你看清我了么？我是像你想象的那么漂亮吗？他长得既不像洪常青，也不像卢嘉川。看见我了吗？看清了吗？我把头发向后理一理。仰起脸来让他看。“趴下！快趴下！”为什么？我们马上就要分别了呀！我们是第一次互相看见，以后又看不见了呀?！他长得有点孩子相儿，可我爱你……子弹飞来了！我清醒了。我趴在一道矮墙下。他还在着急地冲我挥手，喊着：“快跑！快离开！他们去抓你了！”我失魂落魄地跑。我听见纷乱的枪声，听见他声嘶力竭地叫喊，他在喊我的名字。我停下脚步，回头张望。天哪！闪亮的长矛掉进了小河，溅起了水花……

小灌木结满了一串串小果实，青的，还没有熟。我摘了两颗放在嘴里，是酸涩的。

娟娟在夕阳里跳着、蹦着、笑着，追逐着那支远航的船队。船队像一道彩虹。白色的纸帆像一片片洁白的羽毛，但愿它们能长成坚强的翅膀。

我认真地把小灌木根旁的硬土挖松。我还没有老，还需要认真，真正的认真……

1983 年

绵绵的秋雨

一连几天的秋雨总算想歇口气了。小路上铺满了落叶，被风吹起，像一层层五彩斑斓的波浪。昨晚，杨潇一直抱着吉他唱那支美国民歌〔……往日雏菊满山遍地，梅姬，到如今苍林无春意；旧水车已静寂在那里，梅姬，难温我们的往事……〕我后悔不该住在她家，我应该住到旅馆去。往事？唉，最好不要重温什么往事，尤其那往事如果是一团说不清的痛苦和恨悔。

我就要走了，就要离开这块古老的土地，到遥远的异国去漂泊。也许我不再回来，我宁愿永远漂泊。让人们随便去说好了。在这块土地上，我只欠着一笔账，一笔永远无法偿还的账……

潮湿的空气中带着发苦的霉味。太阳终于出来，却又无精打采地沉到古殿飞檐的后面去了；把一片沉静的黄光投向那片老柏树林。

离得远远的，远远的！忘却是医治一切创伤的良药。可我总该见见她——那个至今被蒙在鼓里的……

那是她吗？我的心一阵紧跳：一个满头白发的老太太独自坐在一棵老柏树下，微驼的脊背靠在粗糙的树干上，就像是那老柏树的一部分。她好像正望着什么。

我向她走去。我想这一定是她了。临来时，杨潇对我说："如果你在家里找不到她，就到她家近旁的那个小公园去找。离儿童运动场不远，有一片老柏树林……"

我向她走去。我的腿在发抖。但愿这还不是她，但愿我没能找到她，但愿……如果我在最后那一刻没有胆怯，如果我和大勇同时冲上那座楼顶，如果……唉，往事毕竟难于忘却，何况我正是为了往事而来。

昨天，淅淅沥沥的秋雨中，我又来到了这座古城。"我总该看看她。"一路上我不断地说服着自己，虽然我也感到了透顶的滑稽。算来大勇已经死去十四年了。十四年前我离开这个城市的时候，也是迷迷蒙蒙地下着细碎的秋雨。杨潇昨天一见我就说："喔唷！未来的美国公民，除了每月一张'伍元整'的汇票，十四年啦，你多一个字都不写。""你怎么知道的？"我尽量使语气显得平静。"美利坚吗？听别人说的。"她也在竭力使表情显得自然。她的小女儿好奇地看着我。我忽然想到，每一个生命的出现都是偶然的。如果我没有胆怯，如果大勇还活着，还会有这么一个小姑娘么?“你给我写过几个字呢?”“行啦，收支平衡，谁也别抱怨。”“别人都好么?”“也是每月一张‘伍元整’，证明都还活着。”“她呢?”“活着。”

古殿檐头的枯草在秋风中飘摇。这是一座荒废了的古苑。昔日的雕阑玉砌散落在草丛中，被风雨剥蚀得像一块块墓碑。秋蝉乘这今生最后的时光全力地叫着，使这古苑更显得寂寞、空旷。

我向她走去。她一动不动地坐在老柏树下，不知正张望着什么。夕阳把她的白发染得金黄。

“她怎么样?”我问杨潇。“你如果能多待几天，就能见到他。”她以为我是在问她的丈夫。

我不想问这个。如果不是为了打听大勇的母亲的地址，我也不会来杨潇家。虽然我的心早已麻木了，但昨天那个小姑娘说“我爸爸出差了”的时候，我还是感到了一阵轻松和庆幸。

“我是说大勇的母亲，她一点都没有察觉?”“幸亏她聋了。她深信不疑。”杨潇把“疑”字拉得特别长，脸上露出一丝恶毒的苦笑。吉他声又响了起来……〔我今日上山漫游，梅姬，眺望山下的景致；小溪荡漾水车响，梅姬，仿佛当年周游时……〕她弹着，唱着，闭着眼睛。歌声就像窗外那绵绵的秋雨，缓慢、深沉，而又有点忧伤。我简直难以相信，这就是当年那个泼辣得甚至有点骄狂的杨潇——那个疯狂的宣传队的台柱子?她没有原谅我，我总觉得他们谁也没有原谅我。可是有一本心理学的书上说过，胆怯是正常的，怕死是人的天性。何况……算了！无论怎样自我安慰，我也明白，我的一生终归是被那最后一刻的胆怯给毁了。

城市在远处喧嚣。这儿是一片沉寂，只是偶尔从儿童运动场那边传来孩子们的叫嚷声。她坐在秋风里，正用牙咬开发卡，把一缕散开的白发拢向脑后；宽松的袖口落到了肘弯里，露出了枯干的胳臂。

我向她走去。但愿这是她。这么多年，我一直想看看她，却一直没有这个勇气。要不是下个月就要出国，我今天也还不会来，是呀，不敢来。当然，她什么都不知道，“她深信不疑”，但我的心需要安宁，需要逃避那恐怖的回忆。否则怎么活下去呢？人要活下去，大约都不得不设法忘掉一些事情。

〔……岁月像无情的铁笔，梅姬，在我脸上留痕迹……〕我的“痕迹”在心里，我的岁月像一支长矛，永远扎在心上。我常常梦见狼，梦见熊和眯缝起眼睛的豹。昨夜，我又大喊一声从梦中惊醒。杨潇惊慌地跑了过来：“是你吗？”“是我。”她扭亮了台灯，默默地坐在我身旁。屋檐下的破铁叮叮咚咚地响，雨不紧不慢地下着，下得那么有耐心。“你为什么还不结婚呢？”她说。我看着她，看着她那有些透明的睡衣。她永远不会知道，当年大勇让我吃了多少醋。如果我现在还能再吃他的醋就好了，我宁愿，宁愿！只要他还活着。“为了离开，为了不再回来。”我说。那也是真话，如今我已心如死灰，再唤不起什么爱的情感。我宁愿去漂泊，让异国的水冲淡我的记忆，让他乡的风吹散我的忧郁。

她到底望着什么呢？神情那么专注、安详。她双腿盘在一起，裸露的脚腕像是老柏树的根。

天快亮的时候起风了。我恍恍惚惚地又像是做了个梦，好像是在小时候：早晨，窗玻璃上挂了一层蒙蒙的水汽，母亲从外面进来，对我说："一场秋雨一场寒，把毛衣穿上吧。"那毛衣干松、柔软，带着一股樟脑的香味。我抱住了母亲的脖子。不知为什么，母亲哭了，叹气摇头，哭得那么伤心。我醒了。我看见身上多了一条毛毯，杨潇正悄悄地走出去。我听见杨潇的小女儿正在隔壁"梅姬、梅姬"地唱着。"妈妈，牛奶热好了吗……"门轻轻地关上了，仿佛把我关在了人世之外。我感到一阵可怕的孤独。

人不能没有爱，尤其不能没有所爱。不能被爱固然可怕，但如果你爱的本能无以寄托就更可怕。假如不能被爱是一条黑暗的小路，燃着爱的心还可以照耀着你前行，但倘若全无所爱，便如那绵绵的秋雨，把你的生活打得僵冷。杨潇如今把全部的爱都倾注在她的小女儿身上了。我羡慕杨潇。请不要谴责她爱得可怜。我们都曾有过博大的爱的胸怀，我们甚至不惜为之捐躯，但是……人们从噩梦中惊醒了，急于寻求爱的怀抱，那本身已经可怜！

那么我呢？我还爱着什么呢？不知道。

那么大勇的母亲呢？她孤独地坐在这古苑里，坐在那老柏树下，她望着什么呢？想着什么呢？

杨潇在热牛奶。我问她："她心情好吗？""比你我都好。"杨潇冷冷地说，"她说她要乐观地活着，绝不能玷污了她儿子的英名。她的原话是：'决不能给我英雄的儿子丢脸！'怎么样？我们总算满意了吧？总可以心安了吧？"杨潇的眼睛里闪着泪光。

〔在这孤寂的城市，梅姬，善良的老少在一起……〕

我向她走去，去欺骗那个善良的老人。我们已经欺骗她十多年了，是的，还要继续欺骗下去。否则怎么办？怎么办？她已经失去一个活生生的儿子了，还要再让她失去心中那个英雄的幻影吗？她已经失去她惟一的儿子了，还要再让她失去心中惟一的骄傲和安慰吗？我摸摸上衣口袋里的六十元钱，厚厚的一叠，都是五元一张的——来自十二个不同的地方。每一张是一颗心，每颗心都是善良的，每颗善良的心都在欺骗她。十多年了，每月我们从十一个不同的省、市把钱寄到杨潇这里，由她给大勇的母亲送来，说那是"烈属抚恤金"。我们只有这一个办法能使她相信，她的儿子是为革命牺牲的。我们不忍用诚实来伤害这个孤单的老母亲的心。多么滑稽！欺骗是善良的，诚实反成了残忍，这滑稽的结果总该有一个更加滑稽的原因吧？我说不清，说不清！年轻的生命化作了尘灰，赤子的红心停止了搏动，本来你以为那是为了一个最壮丽的事业而献身，可是忽然你信奉的上帝告诉你："杂耍该收场了，孩子们！"于是，你还说得清什么呢？"他不是烈士，是歹徒，是坏人，是小混蛋！"于是，你还能再唱两句《国际歌》么？而我至今记得大勇死前对我的那句挖苦："我到马克思那儿去等你，就怕马克思不收胆小鬼。"他至死都以为他是在为革命和真理而战，含着童稚般的笑离开了这滑稽的人间！

我向她走去。

成群的雨燕低飞着，尖叫着，飞进古殿扭曲的檐下，又从那一层层干裂的木椽中飞出来。那苍凉的叫声像一支古老的哀歌，绵长、凄婉，使人想起遥远的过去；想起古驿道，想起古战场，想起送寒衣的孟姜女和被焚毁的阿房宫，想起刀耕火种、骨针石斧，甚至想起满天飞翔的恐龙……生命的意义是什么呢？好像不过是一种无可奈何的存在。

我走近她了。我看见布满在她脸上的深深的皱纹和褐色的老人斑。她似乎是在笑着。她身旁停着一辆很旧的竹制婴儿车，车里面放着一把笤帚、一个口袋和一个柳条簸箕。干裂的柏子落了一地。

我走到了她身旁。这肯定是她。从那张瘦削而苍老的脸上，我又看见了大勇的影子：宽阔的额头，总是像在微笑的孩子气的嘴。大勇长得太像他的母亲了。她没有注意到我。一缕夕阳的残光照到她脸上，她把爬满青筋的手举到额前，遮住阳光，依然那么专注地望着。我顺着她的视线望去。

那儿有一个儿童运动场：一群孩子正尽情地游戏，笑着、叫着、追逐着……转椅飞转，像一只五彩缤纷的万花筒；秋千高荡，像一只只彩色的气球放上了秋空……像是一幕幻景，像是上帝丢落的一片春光。

我们也曾那样。孩子的心都一样。孩子的心里只有春光。他们那红红绿绿的衣裳像是故意对着断壁残垣炫耀，他们吵吵嚷嚷的笑声像是存心向这秋风残照挑战。童心是美好的，可惜他们早晚要长大；春光是美好的，可惜这世间不会没有阴冷的秋雨。他们知道么？他们怎么会知道。

她发现了我。“您也喜欢孩子？”她对我说。

“我也是。”她又转过脸去，朝儿童运动场上望着，说：“操心、受累、担多少惊怕，可花多少钱你买不来个情愿不是？”

原来是为这个！“离儿童运动场不远有一片老柏树林。”“你怎么知道她会在那儿？”“可能在那儿，她常常在那儿。”“干什么？”“你忘了，她给人家看了一辈子小孩儿，供大勇上的大学。”当时我还不明白杨潇这话的意思。“她还在看小孩儿？”“不，她聋了。”

忽然，她拍着腿大声笑了起来，指着前面想要说什么，却又咳嗽得说不出话来。

在她手指的地方，一个蒙上了眼睛的男孩子正搂住了一个小姑娘。

我呆呆地站在她身旁，一句话也说不出来。杨潇的小女儿昨天晚上问我，能不能从外国给她寄一个“茹比克立方块”来。“一定。”我说。如果大勇还活着，他也早该有儿女了……

“看哪，您快看！”她双手捧住额头，笑得喘不过气来，笑声中带着喘息和痰音。然后又急忙抬头去望，似乎生怕放过了更精彩的场面。“您快看，快看哪……”

我什么也看不见。

我看见了一架高高的云梯，看见了寒光闪闪的长矛……“您快看，快看哪！”我看见了绿色的柳条帽，看见了红色的臂章，看见了宣誓时紧握的拳头……“您快看，快看哪！”……那已破旧的婴儿车里站着一个咿呀学语的男孩子，车边坐着一个怀着希望的母亲……婴儿车里站着别人的孩子：男孩子、女孩子、女孩子、男孩子……老保姆颤巍巍的手，颤巍巍的童谣……童年的大勇趴在母亲的背上；少年的大勇在阔野上奔跑；青年的大勇在灯下拉着计算尺……母亲老了，老了！头发白了，背驼了，看一眼膀阔腰圆的儿子，脸上露出舒心的笑……“您快看，快看哪！”我看见了赤子殷红的血，看见慈母被骗的心……

赶紧离开！我应该把钱交给她，然后赶紧离开！但我却依旧木然地站着。

老柏树又摇落了几颗柏子，无声地落在土地上。有一颗挂在了她的头发上，她没有察觉到。大约她是以为“酒逢知己”

了吧，一直絮絮叨叨地说着。

“前两天来了个画画的老头儿。那老头儿也是喜欢孩子，画呀画的，画的全是些小姑娘、小小子儿……”

她好像是在对我说，又好像我根本不存在。她一直望着儿童运动场上。

“我在早市上见过那么一件小花褂儿，红地儿白花儿，就像那个小姑娘穿的那件。我看了好几回……”

想要忘掉的东西，正说明是忘不了的。如果我在最后那一刻没有胆怯，如果我和大勇从东西两侧同时攻上楼顶，就会分散对方的兵力，就不至于四支长矛一齐都对准了他的胸膛……

“那老头属鼠的，比我小五岁，有高血压；人倒是挺好的人，画画的。他也是喜欢孩子……”

只要我能吸引过一个来，凭大勇“高校花剑冠军”的本事，对付那三个是没问题的……

“那小花褂做得可真巧，五块多钱，不要布票。我看了好几回，后来让一个老太太买去了。四五岁的小姑娘春秋天正好穿……”

然而我害怕了，忽然停止了攀登，站在云梯上，觉得心里一阵发凉……我听见一声惨叫，大勇摔下去了。那沉重的声音……他躺在担架上，轻蔑地望着我……下着雨，那也是秋天。杨潇疯了似的从雨雾迷蒙的远处跑来……

“您不信？”大勇的母亲忽然扭过头来，睁大了眼睛看着我，像是受了什么侮辱。

“什么？您说什么，我没听清。”我连忙说。

“我说我这辈子看过十八个，四个姑娘，十二个小子。”

“您是大勇的母亲吧？”我问。我想赶紧把钱交给她，赶紧离开。

“您瞧，那还能掺假？”她没听清，然后掰着手指数了起来：“头一个是姑娘，叫小帆……”

老柏树叶窸窣地低语着，树梢上只剩了夕阳最后一缕血一样的红光。

“数小帆那孩子可人疼，小时候整天和我们大勇在一块玩，像亲兄妹似的。长大了也常来看看我。我给她做过一双带虎头的鞋，都说穿了那鞋吉祥。唉，谁承想她能打死了人呢？小时候那孩子最心软，死了只猫都哭半天儿……”

如果我冲上去了呢?！这么多年我好像从来没有认真地想过这件事。如果我冲上去了，后面的人也就会冲上去了，对方那四个人就完了。或者他们会投降？不会！谁都认为自己是在为真理而战，谁都不愿落得叛徒的耻辱……大勇那支剑是绝不会打输的……那么，今天我们就连欺骗这个老母亲的办法也没有了。公正的法庭会向她说明一切。这么说，我最后那一刻的胆怯也许倒是上帝对他的羔羊的怜恤了！多么滑稽！人间竟有死比活还幸运的时候。

那缕红光正在变淡，变成了暗紫色，变成了淡蓝色，慢慢地消失了。

儿童运动场那边也安静了下来。秋千垂着头，转椅歪着身子，孩子们三三两两地穿过树林回家去了，五颜六色的衣服隐没在静静的树林那边。

大勇的母亲不再说话，背驼得更深，头垂到了膝盖上，只有那双混浊得发灰的眼睛依然一眨不眨地望着远处，望着孩子们消失的地方。

〔……在这孤寂的城市，梅姬，善良的老少在一起……人们都说我已衰老，梅姬，如今步履难移……〕

昏暗的暮色笼罩了老柏树林，笼罩了这座废弃了的古苑。我感到一阵不可名状的忧伤。我就要走了么？不再回来？离开那被骗的赤子的坟冢？离开这被骗得心如坟冢的母亲？

大勇的母亲扶着老柏树站了起来，用衣袖擦着眼睛。然后，她从婴儿车里拿出笤帚，开始慢慢地扫那落满在地上的柏子。

“要这干什么用？”我问。

她听见了。“这是药材，挺值钱呢。”

“怎么，您缺钱用？”

“不，不缺。我有烈属抚恤金！”她直起腰喘了口气。“不是为卖钱，这东西国家需要。我那儿子是烈士，我不能……”

雨燕还在低飞着，尖叫着。那叫声是为了刺痛每一个将要离开母亲的儿子的心！我就要走了么？不再回来？离开这古老而善良的土地？离开我多灾多难的祖国？谁愿意离开母亲？谁愿意离开祖国？谁愿意如吉卜赛人般地到处流浪？谁愿意像犹太人似的没有了祖国？祖国！母亲！那不是一个抽象的概念，那是亿万颗活着的心……这是离不开的，走到天涯海角也离不开！唔，我多少年的决心竟这么被打碎了不成？不知道。我感到深深的不知所措般的凄惶……

她还在那儿扫着柏子。我终于见到她了，完了么？我的账偿还了？我的良心安宁了？我就是为了这个而来？为了找一个自我安慰的根据？

云又在天上聚集着，聚集着。雨星星的。这绵绵的秋雨！下到几时去呢？

我还要回来，还要回来。没有了爱的生活是不堪忍受的，何况这是骨肉般不可分离的爱。我还要回来，还要回来。如果我做事，还是要为我的故土而做，如果我唱歌，还是要为我的同胞而唱。我？还要回来！但愿那时我能够明白，我能够告诉给母亲一切真话……

〔*……在这孤寂的城市，梅姬，善良的老少在一起……*〕这绵绵的苦雨，下吧，下吧，总有个完！

1981年10月5日

夏天的玫瑰

傍晚，老头儿跟每天一样，从城里回来。他终于买来了那只青铜的公牛。本来今天应该很高兴，可是他刚才又碰上了那个年轻的父亲。老头儿后悔没再跟那个年轻的父亲说说。

蒙蒙的细雨，零零碎碎地从早晨一直下到了傍晚。这会儿，起了一点风，有些凉了。快要到秋天了。

“算了，还是少管别人的闲事吧，饶着管了，别人还不高兴……”一路上，老头儿不断地劝着自己。他竭力想忘掉那个倒霉的孩子。

他扛着那根烫满了小窟窿眼儿的竹竿，躬着腰，蹒跚地走着。路上几乎没有什么人。开阔的田野、错落的农舍和工厂的楼房、路边的水车，还有远处黑色的林带，都蒙在无边的细雨中。他回家去。竹竿上只剩了一只小风车儿，静静地转着，像一团红色的雾。他就靠卖这小风车儿为生。

雨中的黄昏，很静。郊外的土路又细又长。

远处的村落里，大喇叭唱着。“夏天最后一朵玫瑰，还在孤独地开放……”是一支洋歌儿。

老头儿在竹竿的顶端罩了一把雨伞。每逢雨天他就这样。那只纸叠的小风车儿在灰暗的雨伞下面默默地转着，就像那支歌。

他抱着那只刚买来的铜牛，拄着一支木拐，慢慢地走着。那铜牛不轻。他不时停下脚步，用衣袖擦去溅在牛身上的雨点。他每天都要到城里去卖小风车儿，每天都这个时候回来。牛身上布满了粗糙的气孔、绿锈和凹凸不平的铸痕，老头儿总觉得那是些伤疤。他早就想买这只牛，牛的高高隆起的肩峰一直吸引着他。吸引他的还有牛的四条结实的腿和牛的向前冲去的姿势。今天总算把它买回来了，老头儿很高兴。可他一觉得高兴，就又想起了那个孩子。

那孩子可真倒霉，刚生下来就这么倒霉！“百分之九十五的可能是残废。”好几个大夫都这么说，那个老大夫也这么说。唉，可怎么好……老头儿想着，看了看天。

可孩子还什么都不懂呢，不知道这下子可遭了瘟哪，将来才倒了血霉呢。老头儿想着，又后悔自己没再跟那对年轻的父母多说说了。

不远处，是一条铁路。穿着雨衣的检路工在高高的路基上走着，不时传来铁锤敲打路轨的“叮当”声。老头儿站住。他知道，在那铁轨的遥远的尽头，是他的故乡……

“她准是也老了，她老了准也还是挺漂亮的。”他望着高高的路基，在心里对自己说。近几年来，他常常想，他也许该回到故乡去了。

老头儿又走了一会儿，然后在路边的土埂上坐下来，把铜牛放在并拢的双腿上。他走得有点累了，拄拐杖的那条胳膊又开始发酸、发疼。他拍拍牛的结实的脊背，对自己说：“别像个老傻瓜似的胡思乱想了。”“也别净替八竿子打不着的人瞎操心了。”他又劝自己忘掉那个不幸的孩子。他出神地看着那只青铜的公牛，真佩服它有那么一身漂亮的肌肉。老头儿从蓝布提兜里掏出水壶，喝了一口；不是水，是酒。

小风车儿像一团红色的雾，在他白发苍苍的头顶上。空旷的田野上空，光是飘着雨。

“……所有她可爱的伴侣，都已凋谢死亡，再也没有一朵鲜花，陪伴在她的身旁……”隐隐约约还可以听到村子里的喇叭声。放广播的准是个年轻人。

这歌倒是像唱着老头儿的身世。

他就靠卖这种纸叠的小玩意儿为生，干不了别的了，老了，而且两条腿的下半截都是假的，用钢箍箍在大腿上的。刚箍上的时候很疼，现在早就习惯了。晚上，他在灯下把一张张红红绿绿的电光纸裁开，叠成一个个四角的小风车儿，再用大头针把它们钉到白天捡回来的冰棍棍儿上去。他喜欢喝酒，喜欢一边做着小风车儿一边喝酒。风车儿做好了，够第二天卖的了，他把它们都插到竹竿上，还要再喝一点酒。他一边咂摸着酒，一边欣赏着那些小风车儿，吹吹这个，吹吹那个，看看它们是不是都转得很好。喝完酒，他爬上床，卸下假腿，睡一会儿。天不亮，他就起来，做一点吃的，动身到城里去卖小风车儿了。二十多年，天天如此。二十多年前，在他还有一条好腿的时候，他还在建筑队当过小工，后来不行了。好些现在已经当了父母的人都玩过他做的小风车儿。

人们都知道这个卖风车儿的老头儿，知道他的腿是假的，木头做的。人们都知道他的歌谣。“跑呀跑，转呀转，小风车儿，变呀变。”是他胡诌出来的。他很会招引孩子，——得把小风车儿卖出去。

“老爷爷，变成了什么呀？”“噢嗬，老爷爷可是什么也变不成啦。”他摸摸每一个孩子的头。“小风车儿变成了什么呀？”“你们看那里头有什么呀？”一团团红红绿绿的雾。“是一只小兔子吗？”“不，是个新郎官儿！”老头儿捏捏小姑娘的脸蛋儿。“是云彩！”“云彩里有你的新娘子！”老头笑了，拍拍男孩子的肩膀……这是他最高兴的时候，仿佛自己也回到了童年。可这时候，他又要想起故乡，想起心中的那片乐土，想起一些令人心碎的往事。他希望这些孩子可别有哪一个将来要得“脉管炎”，这些欢笑着的小脸儿可别有一天要变得悲伤。孩子们散去了，举着小风车儿飞跑，一团团云，一团团雾……他默默地为孩子们祈祷。他独自回家去。他没有孩子。他的腿，一条是在二十岁的时候锯掉的，另一条是在三十多岁，都是因为“脉管炎”。

雨悄声地飘洒着，“沙沙沙”地落在田野上、土路上和老头儿的雨伞上。他的背驼得很厉害，蓝布褂子的背部让太阳晒得发了白。他的头发也全是白的。竹竿上那只红色的小风车儿显得很鲜艳。老头儿一直看着那只青铜的公牛。吸引他的还有那对犄角，像一张弓，尖利的两端向前弯去，向前直冲。“真横！”老头儿握住牛的犄角，“老虎又怎么着？老虎也未必经得住它这一下子。”老头儿还记得他那两条小腿，稍一用劲，那两条粗壮的小腿就全是见棱见角的疙瘩肉。他记得，在老家时他扛起过二百斤重的麻袋，后来他又记得好像是三百斤，或者是差一点不到四百斤。他又摸摸牛的四条健壮的腿。“真壮！”他赞叹地摇摇头。“妈的，这家伙！”

老头儿总爱自己跟自己叨咕点什么。夜里睡不着觉的时候，他常常叨咕着一句话：“她也老了，她准是也跟我一样，老了。”他就干脆不睡了，爬起来，再喝几口酒。谁也不知道他说的是什么人。人们说，人老了有时候就变得古怪，尤其是一辈子没结过婚的人。他喝着酒，又去吹吹那些小风车儿，想着一些往事。许多年前，他到这远离故乡的地方来治病，锯掉了一条腿，他就再也没有回故乡去……

“……当那爱人的金色指环，失去闪烁的光芒，当那珍贵的友情枯萎……”

老头儿在土埂上坐了很久，撅起来的后衣襟被雨水打湿了。天可真是要冷了，他打了个寒噤。黄昏时分的光亮度变得很快，一会儿比一会儿暗。小风车儿在灰蒙的暮色中闪着一点红光。老头又想起了那个孩子。唉，干吗非让一个注定要倒霉的人到这世上来不可呢？世上可不缺倒霉的人！他想。“那对小夫妻不听我的，依我说就别再抢救那孩子了。当然啦，谁舍得自个儿的孩子呢？可舍不得他，是为了让他来受罪吗？让人看不起？”他叨叨咕咕地跟自己说着。他站起来，回家去。不过，他真正的家在很远很远的地方，在那条铁路的尽头。

老傻瓜，谁又会听你的呢？人们要么不把这当成什么大事，要么倒说你是悲观主义。王八蛋主义！你要是说“为了别给社会增加负担”，有些人倒会同意，可是，“社会负担”这句话对残废人来说是多大的负担呀！最好是别给社会增加负担，也别让一个人总是觉着自己是个负担。人来一世可不是为了当别人的负担的。有些事是避免不了的。半路残废的事就没办法。可有些能避免的事干吗也不去避免呢？老说什么人道不人道的，让一个孩子来倒几十年霉就是人道？人们也不知都怎么了，就顾不上为那个孩子的一辈子多想想。我可不觉着那是乐观主义。王八蛋主义。我说那是造孽……可话又说回来了，老傻瓜，谁听你的呢？老头儿一路走一路想，又觉着还不如忘了这件事的好。

他让自己不去想这些事，又欣赏起他的铜牛来。还有这牛尾巴，甩得多有劲！他用手指尖捏捏牛尾巴，仿佛能觉出它的弹性。他想买这只牛已经很久了。有一天，他在城里卖小风车儿的时候，忽然发现了这只青铜的公牛。它站在橱窗里，梗着脖子，四只蹄子紧紧地抠在地上，身体的重心全移到了高高隆起的厚实的肩峰上，低着头，两只犄角像是两把挥舞着的尖刀。老头儿愣住了，被牛的骄蛮的姿态吸引住了。牛身上每一块绷紧的肌肉都流露出勃勃的生气和力量，每一条胀鼓的血管都充满了固执和自信，每一根鲜明的骨头都显示着野性的凶猛，使人想到一只被它顶死的老虎，想到它被老虎咬伤的地方淌着黏稠的鲜血，想到它冲向对手时发出的暴怒的咆哮，想到它踏在老虎尸体上时那傲视一切的眼神，它晃着那对刀一样的犄角，喷着粗气，在荒野上飞奔狂跳……商店的台阶很高，老头儿开始往上爬。他望着那只牛，沉静了多年的血液又在身体里动荡、奔突。老头儿忽然明白了，他常常在梦中看见而醒来又变得模糊的那个形象，正是这样一只牛……

有三十多年了，老头儿经常重复地做着一个梦：他的腿没有了，独自在一片陌生的荒野上爬，想要爬回家去。可是他不知道家在哪儿，应该往哪边爬，他从未见过这片无边际的荒野。他爬着，忽然看见前面有一堆眼睛在盯着他。那是狼！一群狞笑着的狼！他慌忙往后退，转过一个墙角，屏住呼吸往另一个方向爬。可前面又有两只佯睡的老虎，正眯缝着眼睛瞄着他！他又赶紧往左爬，擦着地皮，一点一点往前挪，爬过一间豪华的大厅，爬进一条幽暗的楼道。又有一堆纠缠在一起的毒蛇向他抬起头，吐着芯子！幸好右边是河滩，他躲在一块礁石后面。那不是礁石，是一群大鳄鱼！没处逃了，无路可走了。他猛地来了一股劲，叫喊着在荒野上东奔西突，用头去撞那些狰狞的猛兽。他看见了自己强壮、庞大的身影在荒野上蹦跳、咆哮……醒了，他正用头撞着床边的桌子，拳头在墙上打得掉了一块皮，流着血……

就是这样一只牛！尖利的犄角、高耸的肩峰、粗壮的腿，一身漂亮的肌肉，向前冲的骄蛮的姿态。“多少钱？”老头儿问。售货员告诉他，他吓了一跳。老头儿买不起，但老头儿决心要买；多卖点小风车儿就行了，少喝点酒就行了。这以后，他天天夜里梦见那只青铜的公牛，梦见它在荒野上横冲直撞，冲散了狼群，撞倒了老虎，踏烂了毒蛇和鳄鱼，牛的青铜的盔甲闪着威严的光，洪亮的叫声像是吹响的铜号……老头儿像个初恋的情人似的，天天到那家商店去，爬上高高的台阶，去看那只牛。人多的时候，他就站在人群后面，从缝隙里看；人少的时候，他就让售货员把牛端下来。每看一回，他感动一回，每一回都有新发现。他觉得牛身上那些凹凸不平的伤疤也是漂亮的。“可它还是这么使劲儿地顶。”他说。售货员纳闷儿地看看他。“多少钱？”他又问。售货员又告诉他一遍。老头儿逐日计算着自己攒下的钱，想象着把牛摆在自己的床头，夜晚就不会孤独。

天黑了，雨仍然没停。看不见那只小风车儿，也看不见老头儿的白发。夜和雨不知把人们都藏到哪儿去了，这世界上似乎只有老头儿蹒跚、沉重的脚步声。他的胳膊又在隐隐地疼，最近他的胳膊时常这样疼。“可别又是那种病，妈的！”老头儿骂着。雨似乎更大了，他把牛盖在自己的衣襟下，贴在胸口上。他终于把它买回来了，觉得心里踏实、安稳，觉得心里有劲儿、高兴。要不要给它报个户口呢？老头儿想，笑了。老头儿往家走。

远远地看见了一片灯光。他走到了三岔路口。一条路是通向他的小屋的，另一条通向那所产院。老头儿又想起了那个倒霉的孩子。“他们还在抢救他呢。”老头儿说。他又在路边的土埂上坐下，犹豫着该不该再去跟那对年轻的父母说说。“不是把什么样的人救活都是人道，你们得为孩子的一辈子想想……”

“……我不愿看你继续痛苦、孤独地留在枝头上……我把你那芬芳的花瓣，轻轻散布在花坛上……”

老头儿也快会唱这支歌了。

那个一生下来就有百分之九十五的可能要成为残废的孩子呀！干吗一定要把他救活呢？当然，还有另外百分之五。可这是赌博，是对比太悬殊的赌博！是拿一个人的一辈子在赌博！为什么呀？为了满足父母的感情，就不怕把一个注定要受尽折磨的人带到世上来?!

老头儿站起来，朝那所产院走去。他想去求求那对年轻的父母：让那个倒霉的孩子安静地去吧，那才是人道。他想，王八蛋主义!

可我干吗还活着呢？在去医院的路上他想。

我不一样，我能顶得住，那个孩子可不见得行，老头儿想。

再说，我也有时候快顶不住了，他又想。

何必让一个人平白无故地来顶住那么多倒霉的事儿呢？说说轻巧。

过去，我是怕给我的亲人们弄得难受，我才活着，老头儿想。

我是半路残废的，要是一个活生生的人一残废就去死，活着的人可怎么想？小时候，我们村儿里有个人就那么寻了死，活着的人都叹气……

主要是，大伙儿对我都不错，我不能做对不起他们的事，让他们说我没良心，他想。

有些事不那么简单，不好说……

可这孩子的事挺明白。他还什么都不懂呢，让他去吧，那是爱他。给他做件好看的衣裳……

老头儿走了很久才到了产院。他看见那个年轻的父亲站在走廊上。

"孩子怎么样了？"老头儿问。

"他不用再受折磨了。"年轻的父亲说。

"他好了？"

"他去了。不抢救了，他安静地去了。"

"……"

"谢谢您，您说得对。"

那支歌叫：夏天最后一朵玫瑰。老头儿想。

老头儿从心里感谢这个年轻的父亲，可老头儿的心突然又像是被撕碎了；他看见年轻父亲的眼里闪着泪光。老头儿眼里也一样，他也喜欢孩子，是孩子都喜欢。他觉得没有人比他更懂得这个年轻父亲的心。他坐在年轻父亲的身边。

他们都不说话，望着落雨的天空。雨丝在路灯下闪光，密密地编织着爱的轻纱，或是爱的罗网。

老头儿忽然想起了那只青铜的公牛。他把牛放在年轻父亲的腿上。

"你看，这家伙多精神。"

年轻的父亲点点头。

"是挺壮的。"

"横劲儿！嗯？给你吧。"

"不，我不要。"

"拿着。"

"我不要。"

“拿着！”

“够贵的吧？哪儿买的？”

“不贵，没多少钱。”

“你看它，多大劲！老虎也不是个儿。你看这犄角，这脊背，这腿……他母亲怎么样啦？”

“她老是唱那支歌。”

“夏天最后一朵玫瑰，还在孤独地开放，所有她可爱的伴侣，都已凋谢死亡……”

“别让她老唱这么难受的歌。”老头儿说。

“您去跟她说说，行吗？”

“她还有你。你呢？你也还有她。”

“您去跟她说说吧。”

老头儿走进病房。他对那个年轻的母亲说：“早年我们村儿里有两口子，第二回生了个挺好看的孩子……”他说了好些过去他家乡的事。“快把身子养好，赶明儿你们再生一个，我给他做个四角儿都不一样色儿的风车儿，用好纸。”他不知道还应该说点什么。

后来，老头儿独自回家去了。他在铁路高高的路基下面走。铁路伸向他遥远的故乡。他想，他也许应该回去了；假如她需要他，他就留下来，假如她已经把他忘记，他就再回来卖他的小风车儿。反正卖小风车儿也是件挺高兴的事，总能跟孩子们在一起，而且，靠卖风车儿自己养活自己，就不是社会的负担……

一列客车隆隆地开过，车窗里的灯光照亮了那只小风车儿。小风车儿在夜风里转着，像一团红色的雾，像一朵玫瑰。

1983 年

我的遥远的清平湾

北方的黄牛一般分为蒙古牛和华北牛。华北牛中要数秦川牛和南阳牛最好，个儿大，肩峰很高，劲儿足。华北牛和蒙古牛杂交的牛更漂亮，犄角向前弯去，顶架也厉害，而且皮实、好养。对北方的黄牛，我多少懂一点。这么说吧：现在要是有谁想买牛，我担保能给他挑头好的。看体形，看牙口，看精神儿，这谁都知道，光凭这些也许能挑到一头不坏的，可未必能挑到一头真正的好牛。关键是得看脾气。拿根鞭子，一甩，“嗖”的一声，好牛就会瞪圆了眼睛，左蹦右跳。这样的牛干起活来下死劲，走得欢。疲牛呢？听见鞭子响准是把腰往下一塌，闭一下眼睛，忍了。这样的牛，别要。

我插队的时候喂过两年牛，那是在陕北的一个小山村儿——清平湾。

我们那个地方虽然也还算是黄土高原，却只有黄土，见不到真正的平坦的塬地了。由于洪水年年吞噬，塬地总在塌方，顺着沟、渠、小河，流进了黄河。从洛川再往北，全是一座座黄的山峁或一道道黄的山梁，绵延不断。树很少，少到哪座山上有几棵什么树，老乡们都记得清清楚楚；只有打新窑或是做棺木的时候，才放倒一两棵。碗口粗的柏树就稀罕得不得了。要是谁能做上一口薄柏木板的棺材，大伙儿就都佩服，方圆几十里内都会传开。

在山上拦牛的时候，我常想，要是那一座座黄土山都是谷堆、麦垛，山坡上的胡蒿和沟壑里的狼牙刺都是柏树林，就好了。和我一起拦牛的老汉总是“吸溜吸溜”地抽着旱烟，笑笑，说：“那可就一股劲儿吃白馍馍了。老汉儿家、老婆儿家都睡一口好材。”

和我一起拦牛的老汉姓白。陕北话里，“白”发“破”的音，我们都管他叫“破老汉”。也许还因为他穷吧，英语中的“poor”就是“穷”的意思。或者还因为别的：那几颗零零碎碎的牙，那几根稀稀拉拉的胡子，尤其是他的嗓子——他爱唱，可嗓子像破锣。傍晚赶着牛回村的时候，最后一缕阳光照在崖畔上，红的。破老汉用镢把挑起一捆柴，扛着，一路走一路唱：“崖畔上开花崖畔上红；受苦人[1]过得好光景……”声音拉得很长，虽不洪亮，但颤巍巍的，

① 受苦人：即庄稼人的意思。陕北方言。

悠扬。碰巧了，崖顶上探出两个小脑瓜，竖着耳朵听一阵，跑了；可能是狐狸，也可能是野羊。不过，要想靠打猎为生可不行，野兽很少。我们那地方突出的特点是穷，穷山穷水，“好光景”永远是“受苦人”的一种盼望。天快黑的时候，进山寻野菜的孩子们也都回村了，大的拉着小的，小的扯着更小的，每人的臂弯里都挋着个小篮儿，装的苦菜、苋菜或者小蒜、蘑菇……孩子们跟在牛群后面，“叽叽嘎嘎”地吵，争抢着把牛粪撮回窑里[①]去。

越是穷地方，农活也越重。春天播种，夏天收麦，秋天玉米、高粱、谷子都熟了，更忙，冬天打坝、修梯田，总不得闲。单说春种吧，往山上送粪全靠人挑。一担粪六七十斤，一早上就得送四五趟；挣两个工分，合六分钱。在北京，才够买两根冰棍儿的。那地方当然没有冰棍儿，在山上干活渴急了，什么水都喝。天不亮，耕地的人们就扛着木犁、赶着牛上山了。太阳出来，已经耕完了几垧地。火红的太阳把牛和人的影子长长地印在山坡上，扶犁的后面跟着撒粪的，撒粪的后头跟着点籽的，点籽的后头是打土坷垃的，一行人慢慢地、有节奏地向前移动，随着那悠长的吆牛声。吆牛声有时疲惫、凄婉，有时又欢快、诙谐，引动一片笑声。那情景几乎使我忘记自己是生活在哪个世纪，默默地想着人类遥远而漫长的历史。人类

① 窑里：即家里之意。陕北方言。

好像就是这么走过来的。

清明节的时候我病倒了，腰腿疼得厉害。那时只以为是坐骨神经疼，或是腰肌劳损，没想到会发展到现在这么严重。陕北的清明前后爱刮风，天都是黄的。太阳白蒙蒙的。窑洞的窗纸被风沙打得“刷啦啦”响。我一个人躺在土炕上……

那天，队长端来了一碗白馍……

陕北的风俗，清明节家家都蒸白馍，再穷也要蒸几个。白馍被染得红红绿绿的，老乡管那叫“zi chui”。开始我们不知道是哪两个字，也不知道什么意思，跟着叫“紫锤”。后来才知道，是叫“子推”，是为了纪念春秋时期一个叫介子推的人的。破老汉说，那是个刚强的人，宁可被人烧死在山里，也不出去做官。我没有考证过，也不知史学家们对此作何评价。反正吃一顿白馍，清平湾的老老少少都很高兴。尤其是孩子们，头好几天就喊着要吃子推馍馍了。春秋距今两千多年了，陕北的文化很古老，就像黄河。譬如，陕北话中有好些很文的字眼：“喊”不说“喊”，要说“呐喊”，香菜，叫芫荽，“骗人”也不说“骗人”，叫做“玄谎”……连最没文化的老婆儿也会用“酝酿”这词儿。开社员会时，黑压压坐了一窑人，小油灯冒着黑烟，四下里闪着烟袋锅的红光。支书念完了文件，喊一声：“不敢睡！大家讨论一下！”人群中于是息了鼾声，不紧不慢地应着：“酝酿酝酿了再……”这“酝酿”二字使人想到那儿确是革命圣地，老乡们还记得当年的好作风。可在我们插队的那些年里，“酝酿”不过是一种习惯了的口头语罢了。乡亲们说“酝酿”的时候，心里也明白：屌事不顶！可支书让发言，大伙总得有个说的，支书也是难，其实那些政策条文早已经定了。最后，支书再喊一声：“同意啊不？”大伙回答，“同意——”然后回窑睡觉。

那天，队长把一碗“子推”放在炕沿上，让我吃。他也坐在炕沿上，“吧嗒吧嗒”地抽烟。“子推”浮头用的是头两茬面，很白；里头都是黑面，麸子全磨了进去。队长看着我吃，不言语。临走时，他吹吹烟锅儿，说：“唉！‘心儿’家不容易，离家远。”“心儿”就是孩子的意思。

队里再开会时，队长提议让我喂牛。社员们都赞成。“年轻后生家，不敢让腰腿作下病，好好价把咱的牛喂上！”老老小小见了我都这么说。在那个地方，担粪、砍柴、挑水、清明磨豆腐、端午做凉粉、出麻油、打窑洞……全靠自已动手。腰腿可是劳动的本钱，唯一能够代替人力的牛简直是宝贝。老乡们把喂牛这样的机要工作交给我，我心里很感动，嘴上却说不出什么。农民们不看嘴，看手。

我喂十头，破老汉喂十头，在同一个饲养场上。饲养场建在村子的最高处，一片平地，两排牛棚，三眼堆放草料的破石窑。清平河水整日价“哗哗啦啦”的，水很浅，在村前拐了一个弯，形成了一个水潭。河湾的一边是石崖，另一边是一片开阔的河滩。夏天，村里的孩子们光着屁股在河滩上折腾，往水潭里“扑通扑通”地跳，有时候捉到一只鳖，又笑又嚷，闹翻了天。破老汉坐在饲养场前面的窑顶上看着，一袋接一袋地抽烟。“‘心儿’家不晓得愁。”他说。然后就哑着个嗓子唱起来：“提起那家来，家有名，家住在绥德三十里铺村……”破老汉是绥德人，年轻时打短工来到清平湾，就住下了。绥德出打短工的，出石匠，出说书的，那地方更穷。

绥德还出吹手。农历年夕前后，坐在饲养场上，常能听到那欢乐的唢呐声。那些吹手也有从米脂、佳县来的，但多数是从绥德来。他们到处串，随便站在谁家窑前就吹上一阵。如果碰巧哪家要娶媳妇，他们就被请去，“呜里哇啦”地吹一天，吃一天好饭。要是运气不好，吹完了，就只能向人家要一点吃的或钱。或多或少，家家都给，破老汉尤其给得多。他说：“谁也有难下的时候。”原先，他也干过那营生，吃是能吃饱，可是常要受冻，要是没人请，夜里就得住寒窑。“揽工人儿难；哎哟，揽工人儿难，正月里上工十月里满，受的牛马苦，吃的猪狗饭……”他唱着，给牛添草。破老汉一肚子歌。

小时候就知道陕北民歌。到清平湾不久，干活歇下的时候我们就请老乡唱，大伙都说破老汉爱唱，也唱得好。“老汉的日子熬煎咧，人愁了才唱得好山歌。”确实，陕北的民歌多半都有一种忧伤的调子。但是，一唱起来，人就快活了。有时候赶着牛出村，破老汉憋细了嗓子唱《走西口》："哥哥你走西口，小妹妹也难留，手拉着哥哥的手，送哥到大门口。走路你走大路，再不要走小路，大路上人马多，来回解忧愁……"场院上的婆姨、女子们嘻嘻哈哈地冲我嚷："让老汉儿唱个《光棍哭妻》嘛，老汉儿唱得可美！"破老汉只作没听见，调子一转，唱起了《女儿嫁》："一更里叮当响，小哥哥进了我的绣房，娘问女孩儿什么响，西北风刮得门闩响嘛哎哟……"往下的歌词就不宜言传了。我和老汉赶着牛走出很远了，还听见婆姨、女子们在场院上骂。老汉冲我眨眨眼，撅一根柳条，赶着牛，唱一路。

破老汉只带着个七八岁的小孙女过。那孩子小名儿叫"留小儿"。两口人的饭常是她做。

把牛赶到山里，正是晌午。太阳把黄土烤得发红，要冒火似的。草丛里不知名的小虫子"嗞——嗞——"地叫。群山也显得疲乏，无精打采地互相挨靠着。方圆十几里内只有我和破老汉，只有我们的吆牛声。哪儿有泉水，破老汉都知道；几镢头挖成一个小土坑，一会儿坑里就积起了水。细珠子似的小气泡一串串地往上冒，水很小，又凉又甜。"你看下我来，我也看下你……"老汉喝口水，抹抹嘴，扯着嗓子又唱一句。不知他又想起了什么。

夏天拦牛可不轻闲，好草都长在田边，离庄稼很近。我们东奔西跑地吆喝着，骂着。破老汉骂牛就像骂人，爹、娘、八辈祖宗，骂得那么亲热。稍不留神，哪个狡猾的家伙就会偷吃了田苗。最讨厌的是破老汉喂的那头老黑牛，称得上是“老谋深算”。它能把野草和田苗分得一清二楚。它假装吃着田边的草，慢慢接近田苗，低着头，眼睛却溜着我。我看着它的时候，田苗离它再近它也不吃，一副廉洁奉公的样儿；等我刚一回头，它就趁机啃倒一棵玉米或高粱，调头便走。我识破了它的诡计，它再接近田苗时，假装不看它，等它确信无虞把舌头伸向禁区之际，我才大吼一声。老家伙趔趔趄趄地后退，既惊慌又愧悔，那样子倒有点可怜。

陕北的牛也是苦，有时候看着它们累得草也不想吃，“呼哧呼哧”喘粗气，身子都跟着晃，我真害怕它们趴架。尤其是当那些牛争抢着去舔地上渗出的盐碱的时候，真觉得造物主太不公平。我几次想给它们买些盐，但自己嘴又馋，家里寄来的钱都买鸡蛋吃了。

每天晚上，我和破老汉都要在饲养场上待到十一二点，一遍遍给牛添草。草添得要勤，每次不能太多。留小儿跟在老汉身边，寸步不离。她的小手绢里总包两块红薯或一把玉米粒。破老汉用牛吃剩下的草疙结打起一堆火，干的“噼噼啪啪”响，湿的“嗞嗞”冒烟。火光照亮了饲养场，照着吃草的牛，四周的山显得更高，黑魆魆的。留小儿把红薯或者玉米埋在烧尽的草灰里：如果是玉米，就得用树枝拨来拨去，“啪”地一响，爆出了一个玉米花。那是山里娃最好的零嘴儿了。

留小儿没完没了地问我北京的事。“真个是在窑里看电影？”“不是窑，是电影院。”“前回你说是窑里。”“噢，那是电视。一个方匣匣，和电影一样。”她歪着头想，大约想象不出，又问起别的。“啥时想吃肉，就吃？”“嗯。”“玄谎！”“真的。”“成天价想吃呢？”“那就成天价吃。”这些话她问过好多次了，也知道我怎么回答，但还是问。“你说北京人都不爱吃白肉？”她觉得北京人不爱吃肥肉，很奇怪。她仰着小脸儿，望着天上的星星；北京的神秘，对她来说，不亚于那道银河。

“山里的娃娃什么也解①不开。”破老汉说。破老汉是见过世面的，他三七年就入了党，跟队伍一直打到广州。他常常讲起广州：霓虹灯成宿地点着，广州人连蛇也吃，到处是高楼、楼里有电梯……留小儿听得觉也不睡。我说：“城里人也不懂得农村的事呢。”“城里人解开个狗吗？”留小儿问，“咯咯”地笑。她指的是我们刚到清平湾的时候，被狗追得满村跑。“学生价连犍牛和生牛也解不开，”留小儿说着去摸摸正在吃草的牛，一边数叨，“红犍牛、猴②犍牛、花生牛……爷！老黑牛怕是难活③下了，不肯吃！”“它老了，熬④了。”老汉说。山里的夜晚静极了，只听得见牛吃草的“沙沙”声，蛐蛐叫，有时远处还传来狼嗥。破老汉有把破胡琴，“吱吱嘎嘎”地拉起来，唱：“一九头上才立冬，闯王领兵下河东，幽州困住杨文广，

① 解：陕北方言中读hài。
② 猴：小。
③ 难活：病。
④ 熬：累。

年太平，金花小姐领大兵……”把历史唱了个颠三倒四。

留小儿最常问的还是天安门。“你常去天安门？”“常去。”“常能照着[①]毛主席？”“哪的来，我从来没见过。”“咦？！他就盛[②]在天安门上，你去了会照不着？”她大概以为毛主席总站在天安门上，像画上画的那样。有一回她趴在我耳边说：“你冬里回北京把我引上行不？”我说：“就怕你爷爷不让。”“你跟他说说嘛，他可相信你说的了。盘缠我有。”“你哪儿来的钱？”“卖鸡蛋的钱，我爷爷不要，都给了我，让我买褂褂儿的。”“多少？”“五块！”“不够。”“嘻——，我哄你，看，八块半！”她掏出个小布包，打开，有两张一块的，其余全是一毛、两毛的。那些钱大半是我买了鸡蛋给破老汉的。平时实在是饿得够呛，想解解馋，也就是买几个鸡蛋。我怎么跟留小儿说呢？我真想冬天回家时把她带上。可就在那年冬天，我病厉害了。

其实，喂牛没什么难的，用破老汉的话说，只要勤谨，肯操心就行。喂牛，苦不重[③]，就是熬人，夜里得起来好几趟，一年到头睡不成个囫囵觉。冬天，半夜从热被窝里爬出来的滋味可不是好受的。尤其五更天给牛拌料，牛埋下头吃得香，我坐在牛槽边的青石板上能睡好几觉。破老汉在我耳边叨唠：黑

① 照着：望见。
② 盛：住。
③ 苦不重：活儿不重。

市的粮价又涨了、合作社来了花条绒、留小儿的袄烂得露了花……我“哼哼哈哈”地应着，刚梦见全聚德的烤鸭，又忽然掉进了什刹海的冰窟窿，打个冷战醒了，破老汉还没唠叨完。“要不回窑睡去吧，二次料我给你拌上。”老汉说。天上划过一道亮光，是流星。月亮也躲进了山谷。星星和山峦，不知是谁望着谁，或者谁忘了谁。“这营生不是后生家做的，后生家正是好睡觉的时候。”破老汉说，然后“唉，唉——”地发着感慨。我又迷迷糊糊地入了梦乡。

碰上下雨下雪，我们俩就躲进牛棚。牛棚里净是粪尿，连打个盹的地方也没有。那时候我的腿和腰就总酸疼。“倒运的天！”破老汉骂，然后对我说，“北京够咋美，偏来这山沟沟里做什么嘛！”“您那时候怎么没留在广州？”我随便问。他抓抓那几根黄胡子，用烟锅儿在烟荷包里不停地剜，瞪着眼睛愣半天，说：“咋！让你把我问着了，我也不晓屎咋价日鬼的。”然后又愣半天，似乎回忆着到底是什么原因。“唉，屎毛杆不成个毡，山里人当不成个官。”他说，“我那辰儿要是不回来，这辰儿也住上洋楼了，也把警卫员带上了。山里人憨着咧，只想打罢了仗就回家，哪搭儿也不胜窑里好。屎！要不，我的留小儿这辰儿还愁穿不上个条绒袄儿？”

每回家里给我寄钱来，破老汉总嚷着让我请他抽纸烟。“行！”我说，“‘牡丹’的怎么样？”“唏——，‘黄金叶’的就拔尖了！”“可有个条件，”我凑到他耳边，“得给‘后沟里的’

送几根去。”“憨娃娃！”他骂。“后沟里的”指的是住在后沟里的一个寡妇，比破老汉小十几岁，村里人都知道那寡妇对破老汉不错。老汉抽着纸烟，望着远处。我也唱一句：“你看下我来，我也看下你……”递给他几根纸烟，向后沟的方向示意。他不言传，笑眯眯地不知想着什么。末了，他把几根纸烟装进烟荷包，说：“留小儿大了嫁到北京去呀！”说罢笑笑，知道那是不沾边儿的事。

在后山上拦牛的时候，远远地望着后沟里的那眼土窑洞，我问破老汉：“那婆姨怎么样？”“亮亮妈，人可好。”他说。我问，“那你干吗不跟她过？”“唏——，老了老了还……”他打岔，“算了吧！”我说：“那你夜里常往她窑里跑？”我其实是开玩笑。“咦！不敢瞎说！”他装得一本正经。我诈他：“我都看见了，你还不承认！”他不言传了，尴尬地笑着。其实我什么也没看见。

破老汉望着山脚下的那眼窑洞。窑前，亮亮妈正费力地劈着一疙瘩树根；一个男孩子帮着她劈，是亮亮。“我看你就把她娶了吧，她一个人也够难的。再说，也就有人给你缝衣裳了。”“唉，丢下留小儿谁管？”“一搭里过嘛！”“她的亮亮也娇惯得危险①，留小儿要受气呢。后妈总不顶亲的。”“什么后妈，留小儿得管她叫奶奶了。”“还不一样？”山里没人，我们敞开了

① 危险：严重、厉害之意。

说。亮亮家的窑顶上冒起了炊烟。老汉呆呆地望着，一缕蓝色的轻烟在山沟里飘绕。小学校放学的钟声“当当”地敲响了。太阳下山了，收工的人们扛着锄头在暮霭中走。拦羊的也吆喝着羊群回村了，大羊喊，小羊叫，“咩咩”地响成一片。老汉还是呆呆地坐着，闷闷地抽烟。他分明是心动了，可又怕对不起留小儿。留小儿的大[①]死得惨，平时谁也不敢向破老汉问起这事，据说，老汉一想起就哭，自己打自己的嘴巴。听说，都是因为破老汉舍不得给大夫多送些礼，把儿子的病给耽误了；其实，送十来斤米或者面就行。那些年月啊！

秋天，在山里拦牛简直是一种享受。庄稼都收完了，地里光秃秃的，山洼、沟掌里的荒草却长得茂盛。把牛往沟里一轰，可以躺在沟门上睡觉；或是把牛赶上山，在下山的路口上坐下，看书。秋天的色彩也不再那么单调：半崖上小灌木的叶子红了，杜梨树的叶子黄了，酸枣棵子缀满了珊瑚珠似的小酸枣……尤其是山坡上绽开了一丛丛野花，淡蓝色的，一丛挨着一丛，雾蒙蒙的。灰色的小田鼠从黄土坷垃后面探头探脑；野鸽子从悬崖上的洞里钻出来，“扑棱棱”飞上天；野鸡“咕咕嘎嘎”地叫，时而出现在崖顶上，时而又钻进了草丛……我很奇怪，生活那么苦，竟然没人捕食这些小动物。也许是因为没

① 大：爹。

有枪，也许是因为这些鸟太小也太少，不过多半还是因为别的。譬如：春天燕子飞来时，家家都把窗户打开，希望燕子到窑里来做窝；很多家窑里都住着一窝燕儿，没人伤害它们。谁要是说燕子的肉也能吃，老乡们就会露出惊讶的神色，瞪你一眼："咦！燕儿嘛！"仿佛那无异于亵渎了神灵。

种完了麦子，牛就都闲下了，我和破老汉整天在山里拦牛。老汉不闲着，把牛赶到地方，跟我交代几句就不见了。有时忽然见他出现在半崖上，奋力地劈砍着一棵小灌木。吃的难，烧的也难，为了一小把柴，常要爬上很高很陡的悬崖。老汉说，过去不是这样，过去人少，山里的好柴砍也砍不完，密密匝匝的，人也钻不进去。老人们最怀恋的是红军刚到陕北的时候，打倒了地主，分了地，单干。"才红了[①]那辰儿，吃也有得吃，烧也有得烧，这咋会儿，做过啦[②]！"老乡们都这么说。真是，"这咋会儿"，迷信活动倒死灰复燃。有一回，传说从黄河东来了神神，有些老乡到十几里外的一个破庙去祷告，许愿。破老汉不去。我问他为什么，他皱着眉头不说，又哼哼起《山丹丹开花红艳艳》。那是才红了那辰儿的歌。过了半天，使劲磕磕烟袋锅，叹了口气："都是那号婆姨闹的！""哪号儿？"我有点明知故问。他用烟袋指指天，摇摇头，撇撇嘴："那号婆姨，我一照就晓得……"如此算来，破老汉反"四人帮"要

① 才红了：指红军刚到陕北。
② 做过啦：弄糟了。

比“四·五”运动早好几年呢！

在山里，有那些牛做伴，即便剩我一个人也并不寂寞。我半天半天地看着那些牛，它们的一举一动都意味着什么，我全懂。平时，牛不爱叫，只有奶着犊子的生牛才爱叫。太阳一偏西，奶着犊儿的生牛就急着要回村了，你要是不让它回，它就“哞——哞——”地叫个不停，急得团团转，无心再吃草。有一回，我在山洼洼里，睡着了，醒来太阳已经挨近了山顶。我和破老汉吆起牛回村，忽然发现少了一头。山里常有被雨水冲成的暗洞，牛踩上就会掉下去摔坏。破老汉先也一惊，但马上看明白了，说：“没麻达，它想了儿，回去了。”我才发现，少了的是一头奶犊儿的生牛。离村老远，就听见饲养场上一声声牛叫了，儿一声，娘一声，似乎一天不见，母子间有说不完的贴心话。牛不老①在母亲肚子底下一下一下地撞，吃奶，母牛的目光充满了温柔、慈爱，神态那么满足，平静。我喜欢那头母牛，喜欢那只牛不老。我最喜欢的是一头红犍牛，高高的肩峰，腰长腿壮，单套也能拉得动大步犁。红犍牛的犄角长得好，又粗又长，向前弯去；几次碰上邻村的牛群，它都把对方的首领顶得败阵而逃。我总是多给它拌些料，犒劳它。但它不是首领。最讨厌的还是那头老黑牛，不仅老奸巨猾，而且专横跋扈，双套它也会气喘吁吁，却占着首领的位置。遇到外“部

---

① 牛不老：牛犊。

落”的首领，它倒也勇敢，但不下两个回合，便跑得比平时都快了。那头老生牛就好，虽然比老黑牛还老，却和蔼得很，再小的牛冲它伸伸脖子，它也会耐心地为之舔毛……和牛在一起，也可谓其乐无穷了，不然怎么办呢？方圆十几里内看不见一个人，全是山。偶尔有拦羊的从山梁上走过，冲我呐喊两声。黑色的山羊在陡峭的岩壁上走，如走平地，远远看去像是悬挂着的棋盘；白色的绵羊走在下边，是白棋子。山沟里有泉水，渴了就喝，热了就脱个精光，洗一通。那生活倒是自由自在，就是常常饿肚子。

破老汉有个弟弟，我就是顶替了他喂牛的。据说那人奸猾，偷牛料；头几年还因为投机倒把坐过县大狱。我倒不觉得那人有多坏，他不过是蒸了白馍跑到几十里外的车站上去卖高价，从中赚出几升玉米、高粱米。白面自家舍不得吃。还说他捉了乌鸦，做熟了当鸡卖，而且白馍里也掺了假。破老汉看不上他弟弟，破老汉佩服的是老老实实的受苦人。

一阵山歌，破老汉担着两捆柴回来了。“饿了吧？”他问我。“我把你的干粮吃了。”我说。“吃得下那号干粮？”他似乎感到快慰。他“哼哼唉唉”地唱着，带我到山背洼里的一棵大杜梨树下。“咋吃！”他说着爬上树去。他那年已经五十六岁了，看上去还要老，可爬起树来却比我强。他站在树上，把一杈杈结满了杜梨的树枝撅下来，扔给我。那果实是古铜色的，小指盖儿大小，上面有黄色的碎斑点，酸极了，倒牙。老汉坐在树杈上吃，又唱起来："对面价沟里流河水，横山里下来些游击队……"那是《信天游》。老汉大约又想起了当年。他说他给刘志丹抬过棺材，守过灵。别人说他是吹牛。破老汉有时是好吹吹牛。"牵牛牛开花羊跑青，二月里见罢到如今……"还是《信天游》。我冲他喊："不是夜来黑喽[①]才见罢吗？""憨娃娃，你还不赶紧寻个婆姨？操心把'心儿'耽误下！"他反唇相讥。"'后沟里的'可会迷男人？""咦！亮亮妈，人可好！""这两捆柴，敢是给亮亮妈砍的吧？""谁情愿要，谁扛去。"这话是真的，老汉穷，可不小气。

有一回我半夜起来去喂牛，借着一缕淡淡的月光，摸进草窑。刚要揽草，忽然从草堆里站起两个人来，吓得我头皮发麻，不禁喊了一声，把那两个人也吓得够呛。一个岁数大些的连忙说："别怕，我们是好人。"破老汉提着个马灯跑了来，以为是有了狼。那两个人是瞎子说书的，从绥德来。天黑了，就摸进草窑，睡了。破老汉把他们引回自家窑里，端出剩干粮让他们吃。陕北有句民谣："老乡见老乡，两眼泪汪汪。"老汉和两个瞎子长吁短叹，唠了一宿。

第二天晚上，破老汉操持着，全村人出钱请两个瞎子说了一回书。书说得乱七八糟，李玉和也有，姜太公也有，一

① 夜来黑喽：昨天晚上。

会是伍子胥一夜白了头，一会又是主席语录。窑顶上，院墙上，磨盘上，坐得全是人，都听得入神。可说的是什么，谁也含糊。人们听的是那么个调调儿。陕北的说书实际是唱，弹着三弦儿，哀哀怨怨地唱，如泣如诉，像是村前汩汩而流的清平河水。河水上跳动着月光。满山的高粱、谷子被晚风吹得“沙沙”响。时不时传来一阵响亮的驴叫。破老汉搂着留小儿坐在人堆里，小声跟着唱。亮亮妈带着亮亮坐在窑顶上，穿得齐齐整整。留小儿在老汉怀里睡着了，她本想是听完了书再去饲养场上爆玉米花的，手里攥着那个小手绢包儿。山村里难得热闹那么一回。

我倒宁愿去看牛顶架，那实在也是一项有益的娱乐，给人一种力量的感受，一种拼搏的激励。我对牛打架颇有研究。二十头牛（主要是那十几头犍牛、公牛）都排了座次，当然不是以姓氏笔画为序，但究竟根据什么，我一开始也糊涂。我喂的那头最壮的红犍牛却敬畏破老汉喂的那头老黑牛。红犍牛正是年轻力壮的时候，肩峰上的肌肉像一座小山，走起路来步履生风；而老黑牛却已显出龙钟老态，也瘦，只剩了一副高大的骨架。然而，老黑牛却是首领。遇上有哪头母牛发了情，老黑牛便几乎不吃不喝地看定在那母牛身旁，绝不允许其他同性接近。我几次怂恿红犍牛向它挑战，然而只要老黑牛晃晃犄角，红犍牛便慌忙躲开。我实在憎恨老黑牛的狂妄、专横，又为红犍牛的怯懦而生气。后来我才知道，牛的排座次是根据每年一度的角斗，谁夺了魁，便在这一年中被尊崇为首领，享有“三宫六院”的特权，即便它在这一年中变得病弱或衰老，其他的牛也仍为它当年的威风所震慑，不敢贸然不恭。习惯势力到处在起作用。可是，一开春就不同了，闲了一冬，十几头犍牛、公牛都积攒了气力，是重新较量、争魁的时候了。“男子汉”们各自权衡了对手和自己的实力，自然地推举出一头（有时是两头）体魄最大，实力最强的新秀，与前冠军进行决赛。那年春天，我的红犍牛正处在新秀的位置上，开始对老黑牛有所怠慢了。我悄悄促成它们的决斗，把它们引到开阔的河滩上去（否则会有危险）。这事不能让破老汉发觉，否则他会骂。一开始，红犍牛仍有些胆怯，老黑牛尚有余威。但也许是春天的母牛们都显得越发俊俏吧，红犍牛终于受不住异性的吸引或是轻蔑，“哞——哞——”地叫着向老黑牛挑战了。它们拉开了架势，对峙着，用蹄子刨土，瞪红了眼睛，慢慢地接近，接近……猛地扭打到一起。这时候需要的是力量，是勇气。犄角的形状起很大作用，倘是两只粗长而向前弯去的角，便极有利，左右一晃就会顶到对方的虚弱处。然而，红犍牛和老黑牛都长了这样两只角。这就要比机智了。前冠军毕竟老朽了，过于相信自己的势力和威风，新秀却认真、敏捷。红犍牛占据了有利地形（站在高一些的地方比较有利），逼得老黑牛步步退却，只剩招架之功。红犍牛毫不松懈，瞧准机会把头一低，一晃一冲，顶到了对方的脖子。老黑牛转身败走，红犍牛追上去再给老首领的屁股上加一道失败的标记。第一回合就此结束。这样的较量通常是五局三胜制或九局五胜制。新秀连胜几局，元老便自愿到一旁回忆自己当年的矫勇去了。

为了这事，破老汉阴沉着脸给我看。我笑嘻嘻地递过一根纸烟去。他抽着烟，望着老黑牛屁股上的伤痕，说："它老了呀！它救过人的命……"

据说，有一年除夕夜里，家家都在窑里喝米酒，吃油馍，破老汉忽然听见牛叫、狼嗥。他想起了一只出生不久的牛不老，赶紧跑到牛棚。好家伙，就见这黑牛把一只狼顶在墙旮旯里。黑牛的脸被狼抓得流着血，但它一动不动，把犄角牢牢地插进了狼的肚子。老汉打死了那只狼，卖了狼皮，全村人抽了一回纸烟。

"不，不是这。"破老汉说，"那一年村里的牛死的死，杀的杀（他没说是哪年），快光了。全凭好歹留下来的这头黑牛和那头老生牛，村里的牛才又多起来。全靠了它，要不全村人倒运吧！"破老汉摸摸老黑牛的犄角。他对它分外敬重。"这牛死了，可不敢吃它的肉，得埋了它。"破老汉说。

可是，老黑牛最终还是被人拖到河滩上杀了。那年冬天，老黑牛不小心踩上了山坡上的暗洞，摔断了腿。牛被杀的时候要流泪，是真的。只有破老汉和我没有吃它的肉。那天村里处处飘着肉香。老汉呆坐在老黑牛空荡荡的槽前，只是一个劲抽烟。

我至今还记得这么件事：有天夜里，我几次起来给牛添草，都发现老黑牛站着，不卧下。别的牛都累得早早地卧下睡了，只有它喘着粗气，站着。我以为它病了，走进牛棚，摸摸它的耳朵，这才发现，在它肚皮底下卧着一只牛不老。小牛犊正睡得香，响着均匀的鼾声。牛棚很窄，各有各的“床位”，如果老黑牛卧下，就会把小牛犊压坏。我把小牛犊赶开（它睡的是“自由床位”），老黑牛“扑通”一声卧倒了。它看着我，我看着它。它一定是感激我了，它不知道谁应该感激它。

那年冬天我的腿忽然用不上劲儿了，回到北京不久，两条腿都开始萎缩。

住在医院里的时候，一个从陕北回京探亲的同学来看我，带来了乡亲们捎给我的东西：小米、绿豆、红枣儿、芝麻……我认出了一个小手绢包儿，我知道那里头准是玉米花。

那个同学最后从兜里摸出一张十斤的粮票，说是破老汉让他捎给我的。粮票很破，渍透了油污，中间用一条白纸相连。

“我对他说这是陕西省通用的，在北京不能用，破老汉不信，说：‘咦！你们北京就那么高级？我卖了十斤好小米换来的，咋啦不能用?!’我只好带给你。破老汉说你治病时会用得上。”

唔，我记得他儿子的病是怎么耽误了的，他以为北京也和那儿一样。

十年过去了。前年留小儿来了趟北京，她真的自个儿攒够了盘缠！她说这两年农村的生活好多了，能吃饱，一年还能吃好多回肉。她说，黑肉[①]的还是比白肉好吃些。

“清平河水还流吗？”我糊里巴涂地这样问。

“流哩嘛！”留小儿“咯咯”地笑。

“我那头红犍牛还活着吗？”

“在哩！老下了。”

我想象不出我那头浑身是劲儿的红犍牛老了会是什么样，大概跟老黑牛差不多吧，既专横又慈爱……

留小儿给他爷爷买了把新二胡。自己想买台缝纫机，可是没买到。

“你爷爷还爱唱吗？”

“整天价瞎唱。”

“还唱《走西口》吗？”

“唱。”

“《揽工调》呢？”

“什么都唱。”

“不是愁了才唱吗？”

“咦？！谁说？”

关于民歌产生的原因，还是请音乐家和美学家们去研究

---

① 黑肉：瘦肉或精肉。

吧。我只是常常记起牛群在土地上舔食那些渗出的盐的情景，于是就又想起破老汉那悠悠的山歌："崖畔上开花崖畔上红，受苦人过得好光景……"如今，"好光景"已不仅仅是"受苦人"的一种盼望了。老汉唱的本也不是崖畔上那一缕残阳的红光，而是长在崖畔上的一种野花，叫山丹丹，红的，年年开。

哦，我的白老汉，我的牛群，我的遥远的清平湾……

钟　声

B还不到一岁的那年，父母就离开了这块大陆，连爷爷也不知道他们最终去了哪儿。当时爷爷说，你们得给我留条根。那时爷爷已经看出这绝不是通常的分别，所以坚持要他们给他留下一个孙子。爷爷知道除此之外都已成定局，所以从始至终只提了这一个要求。父母日夜犹豫，临走的那天早上才决定下来，把B留给爷爷。因为B的两个哥哥已经大到能够哭着喊着片刻不离他们的母亲了，而B还不到一岁，世界还没来得及给他什么具体的印象。又因为爷爷说死说活不愿离开这块土地。

这是多年之后B对我说的。

B跟着爷爷在北方农村的一个镇子上长到五岁。镇子很小，只有两条纵横交叉的街。有一条长不成鱼而只可供人们洗洗衣裳的细水，从远处悠悠流来，挨一挨镇子的边缘，便又流走到很远去了。两条街上，杂货店、小饭馆、肉铺、粉房、豆腐房、铁匠铺、车马大店等等各有一家。杂货店里有两架挂钟，弄不清是哪代开明或是糊涂的掌柜进的货，从无买主问津；一架已经坏了，另一架就为镇上的人提供了一个观赏和赞叹的机会，也给小店的生意带来了意想不到的好处。镇上没有电，没有学校，差不多没有新闻。终日不断的是粉房和豆腐房的石磨声，还有铁匠铺的打铁声。车马大店前永远站着几匹贪婪吃草的牲口。小饭馆门口则卧着一头肥硕无比的大狗，那狗自知全镇无敌，目光便不凶猛，而是流露了傲慢与昏愦，漠视并且蔑视那些四处流浪的同类。两条街的四端都伸入到不见边际的田地里去；冬天是褐色的不见边际的裸土，夏天是金黄闪耀不见边际的向日葵的花朵。小镇给B印象最深的就是那些向日葵，成百上千万素朴又肆无忌惮的花朵铺天盖地，天气晴朗时一派灿烂辉煌把小镇映照得愉快、安谧。遇到坏天气，所有的花朵一齐骚动癫狂起来，漫山遍野涌荡喧嚣，令种植它们的人也头晕目眩魄动心惊，整个镇子都随之惶惶然无所适从一般。

这都是多年以后B给我讲的，像是在讲述一个年代久远的传说。他说："你哪年出生？"我告诉他："五一年。"他说："让我想。哦，这么说我第一次跟爷爷收获向日葵的时候，你可能刚刚出生，也可能你还没出生呢。"他说，当那些向日葵一棵一棵成片成片地被砍倒时，他忽然大哭不止。"为什么？""不知道。"他说，"生命中本来有很多神秘的事。"

五岁的那年夏天，爷爷对B说：我带你到城市去。到县城去？不，可比县城大多了，也比县城远多了。爷爷给B和自己都带了几件换洗的衣裳，用一把老铜锁锁了门，爷孙俩便出了镇子，走在森林一样的向日葵地里了。干吗要到那儿去？去念书，你该念书了，你到了得念书的年龄了。向日葵的叶子大如蒲扇，层层叠叠，圈拢起燠热而沉重的葵花香，蚂蚱醉醺醺地趴在葵杆上昏睡，蝈蝈则到处发着梦呓。在那条细水穿流的地方，偶尔生出几丝风来，蛇一样分头钻进葵林，闹鬼似的嬉戏游逛，郁郁寡欢的花香便被惊扰得四处流窜满天漂泊一阵，干枯的花蕊借机脱离花盘，细密如雨，灌进B的衣领。我父母是不是在那儿？不，不在，他们没在那儿。他们在哪儿？爷爷从来没打算骗你，爷爷也不知道他们这会儿在哪儿。你跟着爷爷不好吗？可咱们到那儿去找谁？咱们就住在你姑家，还有你姑父，还有你的表妹和表弟。他们认识我？你姑和你姑父见过你，那时你生下来才几天你还不记事呢。

爷孙俩走了一个上午，还是没走出向日葵林。然后他们搭上了汽车，汽车开了一个下午，仍然随处可见盛开的向日葵花。直到第二天他们上了火车，B的注意力让火车里面的事物吸引了整整一个白天，那些向日葵才梦幻一般地消失了。当他又想起向日葵时，车窗外已是茫茫黑夜。姑知道我父母上哪儿去了吗？不，你姑也不知道。问过她了？问过了。他们是不是也坐火车走的？别再想这件事了，不再想这事了好吗？你说爷爷好不好？也许姑父会知道吧？咱们不说这事了，你该睡了，我担心这两天你要累病了呢，躺在爷爷腿上，对，睡吧。您没问问姑父？记住，以后不管谁问你，你就说，爷爷也不知道他们到哪儿去了。记住了吗？窗外夜黑如墨。在随后的梦里，B仍没能勾画出父母的模样，而是整宿都在绵延不断的凄艳的向日葵花中间徘徊。

B醒来火车已进入城市。就是我在其中出生、长大，并一直活到现在的这座城市。B的姑姑家离我家不算太远。从我家往东再往北，再往东再往北，走过大约四五条街，有一座教堂，B的姑姑家就住在那座教堂旁，在教堂东约三四十米的地方。B在那儿住了差不多七年，不过那时我们并不相识。

“但那时说不定我们迎面相遇过。”B说。很多年后B故地重游，在我家附近的一个冷饮店里，我们俩从午后一直坐到天黑。我说：“这很可能。”他说：“只不过我们不知道而已，结果我们就不把它算在内。”我说：“算在什么内？”他说：“你绝对数不清都是哪些事在对一个人的命运起作用。你不觉得生命中有很多神秘的事？”我点点头，不过说老实话我没太懂B的意思，我不知道他指的是什么。天气燥热，报纸上说已经连续九十几天没有降水了。我和B坐在冷饮店里一杯接一杯地喝着啤酒。太阳在外头隆隆作响，把路面烤变了形，树叶和纸屑被踩进黑亮刺目的沥青里去。B说：“你还记得那座教堂？”我说：“我光是听说过它。不过我记得它的钟声。”他说："让我想。哦，你可能没见过它，你可能对那教堂还没什么印象那教堂就已经没了。"我说："可我朦朦胧胧记得一种钟声，后来我长大了相信那肯定是一种钟声。那教堂是不是有钟声。""要是你相信你听到的是钟声，那肯定就是它的钟声。有，它有钟声，它一天当中要敲响好几遍钟声。""那声音缥缥缈缈，那声音至今给我一种安详的感觉。""你不觉得那声音很神秘吗？""你指什么？""同样的钟声，在清晨你会觉得那就是清晨的声音，在午后你会觉得那就是午后的声音，在黄昏你又觉得那就是黄昏本身所固有的声音了。别的任何声音都不可能这样。"我慢慢去回忆那钟声，一边喝着啤酒；而我觉得那是襁褓中一梦醒来时所固有的声音，是忽然展现的一片光亮和模糊景物（屋顶、窗口、窗外的树和我老祖母慈祥的面容）所随身携带的声音，是生命之初的声音。我没有见过那座教堂。在那教堂的遗址上后来盖起了一座红色的居民大楼。我问B："你到那教堂里去过吗？""当然，"B说，"我姑父就是那儿的最后一任主讲牧师。"

姑父身材颀长，坐在一张很旧但是雕花的靠背椅上，坐在幽暗的排列如墙一般的书柜前面，白皙的脸和白皙的手臂又鲜明又沉寂，如同一幅悬挂于空室之中的古典派肖像。这印象的由来还在于，就在那一刻B平生第一次听见了那座教堂的钟声。那是晚祷的钟声。当然这些是后来B才知道的，包括知道什么是古典派肖像。还包括知道，在那个斯文而和蔼的姑父的身体里面并不乏火一样的热情。

姑站着刚好同姑父坐在椅子上一样高。姑蹲下来把B搂在怀里，一边说：唉唉，那时候你生下来才一个月，那回我们去看你正是你满月的那天，那天我们去得正巧，约摸你该满月了结果正巧就是那天。今年都三岁了吧？五岁。五岁？唉，可不是么。姑的怀里非常温柔，像早秋向日葵地里的风。姑身上有种B从没闻见过的味儿，跟爷爷身上的味儿完全不同，这味儿让B有点羡慕和惊慌。五岁啦，爷爷说，得上学啦。爷爷的目光在姑父脸上晃了一下，又定在B身上。镇子上没有学校，县城里的学校又远又不像个样子，想了又想，幸亏还有你这么个亲姑姑，和他的亲姑父，他得上学了。于是姑就流泪：上学，当然得上学，你就住在姑姑这儿上学。那爷爷呢？爷爷也不回去了，都在这儿，咱们在一块，咱们是一家人。爷爷叹了口气。姑站起身，后退两步坐在爷爷身旁，像端详一幅画那样端详B：天哪可真像！鼻子以上像他妈，鼻子以下像他爸。他们还是没有消息吗？没有，一点音信也没有。唉唉，姑就又流泪。一时屋子里很静，那座教堂的钟声也已停歇。过了好一会儿，B忽然听见一个异常纯净圆柔的声音缓缓地说：他们本来不必走，他们根本不该走，他们真像那一对误入歧途失去了乐园的人。B没料到姑父的嗓音那么好听，以致竟在屋子里寻找了一会儿，才相信那声音确是出自幽暗中那白皙的身影。随后姑父站起来走到屋子中间，说：看看这是多么可爱的家园！姑父就像在教堂里布道那样：上帝所应许的那个乐园正在实现，一个没有人奴役人，没有人挨饿，没有贫穷，没有战争、罪恶、暴行，甚至没有仇恨和自私的乐园就要实现了。姑父神采焕发白皙的脸上泛起红光，语调抑扬顿挫就像唱歌：他把这样的乐园最先赐予了我们，上帝把全世界梦寐以求的、把全人类自古以来梦寐以求的那个人间天堂最先给了我们的祖国。姑父停顿了一会儿，激动地在屋子里来来回回地走，然后猛地站住，痛心疾首地说：我真不懂得他们为什么一定要走？他们不该走实在是不该走呀！（后来，当B在学校里学到"痛心疾首"这个词的时候，立刻想起了姑父那时的样子，于是一点没费劲儿就理解了这个词的含义。）但当时B只是想：姑父可能知道父母到哪儿去了。

这都是很多年以后的那个下午B跟我说的，像是说着一个流传至今的故事。他说："那天晚上姑父越说越兴奋越说越激动，直到爷爷靠在沙发上响起了鼾声，姑也不住地打哈欠。"他说："都说了些什么我记不住了，那时我才五岁。但肯定说的是一个乐园就要实现了什么的，他一辈子都在说这件事。"B说，只有他却一直听着，他以为姑父最后一定会说到他的父母去了哪儿。

B和爷爷住一间屋，姑和表妹、表弟住一间屋，姑父一个人住一间屋。表妹和表弟都还太小，一个才两岁，另一个还不到一岁，他们似乎整天都在睡觉。夏日漫长的白昼寂寞无比。

在B的印象里那些天表妹和表弟整天都在睡觉，他趴在他们身边久久地看着等着，希望他们能醒来跟他玩一会儿。教堂的钟声一遍遍响过，孤独又惆怅。姑偶尔走来，对B说：你像他们这么大的时候也是总在睡觉。姑父有时来和B说一会儿话。他很想问问姑父他的父母到底去了哪儿，但又不敢。姑父便又给他讲关于那个乐园的事：在那儿所有的孩子都是好孩子，都非常喜欢读书。B终于问：我就是像表弟这样睡着觉的时候，我的父母没叫醒我就走了吧？姑父半天没有回答，然后摸摸B的头说：表弟表妹和你一样，都是我们的孩子，你说是吗？B发现姑父一点都不可怕。

不久，姑带B到一所小学校去考试。那原是一座庙。院中有两棵参天的老柏树，浓荫洒满一地。很多孩子都由父母带着来考试。姑带B走进一间教室。教室是由荒残的殿堂改造而成，门窗上镶了玻璃并且涂了绿色的油漆。B走到一个中年女人面前，姑让B管她叫老师。老师就问他：你刚从农村来吧？B很奇怪为什么老师会知道。老师又问他几岁了、叫什么名字、住在哪儿、家里都有什么人、父母叫什么名字，然后老师又问：你父母在哪儿工作？这一问B没能马上回答，但他很快想起了爷爷教他的话：爷爷也不知道他们到哪儿去了。老师好像没注意到他的回答，跟姑走到教室外面去了。B独自在那儿站了一会儿，出神地看那黑板和一排排桌椅。姑还不回来，他就去找。姑和老师站在树荫里谈话。他听见姑说：是的是的，父母在他出生后不久就都去世了。老师叹了口气：这么说，他就只有你了？姑点点头又赶紧摇头：不不，他还有爷爷，他一直跟着爷爷。这时候他们看见了B，就都不再说话。后来老师摸摸B的头，说：来吧，开学就来吧，我看你准是个聪明的孩子。

那天夜里B又梦见了向日葵。向日葵被成片成片地砍倒，素朴而灿烂的花朵散落得漫山遍野到处都是，不知是因为害怕还是悲伤，他又哭起来。爷爷被惊醒了：怎么了？做什么噩梦了吧？我梦见了向日葵。啊，向日葵，向日葵有什么好怕的？睡吧，快睡吧。爷爷，您也会死吗？爷爷好半天没有回答，然后猛地翻身坐了起来：干吗问这个？你怎么想起来问这个？死了是不是就到谁也不知道的地方去了？死了是不是就再也回不来了？黑暗中，爷爷一声不吭一动不动。他们是什么时候死的，您干吗不告诉我？那个老师很有眼力，B是个过于聪明的孩子。姑走了进来。我父母是不是死了，爷爷您干吗不说话？爷爷开了灯，愣愣地看着姑。姑父也来了。姑，是不是我父母在我生下来不久就死了？姑看看爷爷，爷爷低着头谁也不看也不说话。姑又看姑父，姑父没好气地说：我早说过，简直是多此一举。姑瞪了姑父一眼，走过来坐在B身边：爷爷没告诉你是因为你还太小。姑只说了这一句就又流起泪来。他们是怎么死的？病，姑说。他们一下子都得了病？姑的眼泪甚至也惊呆了流不动了。全家人不知所措地看着这个五岁的孩子。有一年所有的向日葵就一下子都病了，都死了，是不是爷爷？姑推了一下爷爷，爷爷像得了救似的：是，是，可不是吗，是。姑把B搂在怀里，什么也不说，很久很久，光是流泪光是一个劲儿叹气。姑父气哼哼地在屋里来回踱步，说：我不懂有什么必要这样。姑说：你出去。姑说：你快出去。姑对姑父说：你快走吧，这件事不能听你的。姑父一甩手走了出去。好了睡吧，姑说。这时教堂的晨钟响了。姑说，再睡一会儿吧。

“他们还是把我低估了。”B说。“五岁已经能从别人的神态中感觉出些问题了，我看出姑父是说不了谎的人，”他说。我们喝着啤酒，那天下午真是热极了，没有风，大约短时期内仍然下不了雨。B说：“我注意到了姑父说的话。我想我的父母可能没死，我以为爷爷骗我只是为了不让我再说这件事。”他说：“我就不再说这件事。但我想什么时候我一定得问问姑父。”

有一天B瞒着爷爷和姑姑独自去找姑父。他循着钟声走，走进了一座很大很大的园子。推开沉重的铁栅栏门，是一片小树林，阳光星星点点在一条石子小路上跳跃。钟声停了，四处静悄悄，B听见自己孤单的脚步，随后又听见了轻缓如自己脚步一般的风琴声。矮的也许是丁香和连翘，早已谢了花。高的后来B知道那是枫树，叶子正红，默默地仿佛心甘情愿燃烧。他朝那琴声走，琴声中又加进了悠然清朗的歌唱。出了小树林，B看见了那座教堂。它很小，有一个很高的尖顶和几间爬满了斑斓叶子的矮房；周围环绕着大片大片开放着野花的草地。琴声和歌声就是从那矮房中散漫出来，荡漾在草地上又飘流进枫林中。教堂尖顶的影子从草地上向B伸来，像一座桥，像一条空灵的路。教堂的门开着，一个白发老人问他：你找什么，孩子？B不吭声。等到歌声停了，等到琴声也停了，B听见了姑父的声音，他没有看见姑父但他听见了那纯净圆柔的声音，那声音不是谁都能有的。姑父说要退出教会。姑父说要放弃圣职。姑父说他的信仰已无可挽回地改变：我们为什么要向这虚幻的天空呼吁？我们为什么要相信并感恩于那并不存在的上帝？我们千百年来祈望于他的他都置若罔闻。B循声走进正堂，躲在一个老太太背后。姑父站在讲台上，比那天晚上还要激动：现在，并不靠上帝的垂怜和恩赐，一个实实在在的乐园就要建成了！一个没有贫富贵贱之分的社会已经到来，所有的人都将丰衣足食，大家都是兄弟姐妹，我们千百年来的梦想已经实现！姑父低头沉思片刻，和蔼的微笑又回到他脸上：让那个无用的上帝安息吧。然后他走下讲台，穿过走廊，走出鸦雀无声的教堂。B看见他迈着长腿大义凛然地走在落日映照的草地上，看见那鲜明而沉寂的身影最后消失在火红的枫林中。（后来在学校，老师让B用“大义凛然”这个词造句时B便写道：那天我看见姑父大义凛然地走出了教堂。）

这些都是B亲口对我说的，在那个下午。而我当时总感觉是在听一个过于古老的传说。

那天B没找到机会向姑父问问自己的事。以后很多天他都没找到这样的机会。姑父总是很忙，白天不在家，晚上又有很多人来找他翻来覆去地摆弄一堆图纸。那些图纸有些是姑父画的，姑说他上大学时就是学的建筑，姑说他本来就不该改行。

有一天夜里，B又梦见了向日葵，梦见那些金黄的花朵像灿烂的液体一般，顺着岩石的缝隙洇开，顺着土地的裂纹洇开，顺着山峦间的沟壑和平原上的河谷洇开，就像正午的太阳融化着一切阴影，很快到处都是一派耀眼的辉煌了；从始至终便有一支迷迷欲醉的歌曲在花间游荡。B醒了。他看见姑父的书房里仍亮着灯并且听见姑父在轻声地哼唱。他没有惊动爷爷，便下床走到姑父的书房去。姑父喝着茶，闭目坐在那张很旧但是雕花的靠背椅上，面带微笑哼着一支令人睡意全光的歌；书桌上仍堆满了图纸。姑父的嗓音仍是那么圆润清朗与众不同。您画的这是什么呀？哦嗬，你问这个？这是一座大楼。这是一座真正的乐园。就是您常说的那个？差不多就是。姑父抽出一张最大的图纸，桌上铺不开就铺在地上。姑父好像把时间记错了，好像这不是深夜，好像他正盼着有人来听他讲讲关于这些图纸的事。你看，要有上万的人住在这楼里。你看这是公共食堂，这是公共浴室，这是公共娱乐厅和阅览室，这是公共电话间。那夜姑父的谈兴很高。什么是“公共”？噢，公共就是大家，公共的就是大家的。是我的么？不，不分你我；公共的财产不属于任何一个人但是属于所有的人。这座楼？对，这座楼里的一切都不分你我，都是大家的。您知道我父母到哪儿去了么？姑父被这突如其来的问题弄愣了，看看B又看看那张图纸，好像那图纸中有一个灾难性的错误让这孩子给看出来了。B一直望着姑父的眼睛等着回答。姑父走开，又走回来，B还望着他的眼睛。姑父再走开再走回来，B仍然望着他的眼睛。姑父在B跟前蹲下，不看他，光看着那张图纸。听我说，你听我跟你说，你要相信我你就别害怕也别难过，在那个我给你讲过的乐园里，连所有的孩子也都是大家的孩子，连所有的父母也都是大家的父母，所有的欢乐和困难都是大家的欢乐和困难。你听我说，所有的人都尽自己的能力工作，不计较报酬，钱已经没用了，谁需要什么自己去拿好了。你听我说，在那儿所有的孩子都是兄弟姐妹，所有的人都是兄弟姐妹，你要是信得过我你就别担心，那个乐园马上就要实现了，所有的人都是一家人，劳动之余大家就在一起尽情欢乐……多年以后B才想到，那天夜里姑父可能喝的不是茶而是酒。姑父可能就是从那时开始喝酒的。

“你姑父说的就是那座红色的居民大楼吧？”“对。不过那时候还只是一张图纸。”“就是后来在那教堂的遗址上盖起来的那座？”“就是那座。”“怎么，它是你姑父设计的？”“不完全是。但有他一份。不过现在没人承认这个。”

我记得几十年前当听说要盖那座大楼的时候，我家那一带的人们是多么激动。差不多整整一个夏天，人们聚在院子里，聚在大门前，聚在街口的老树下，兴致勃勃地谈论的都是关于那座大楼的事。年轻人给老人们讲，男人们给女人们讲，女人们就给孩子们讲，都讲的是关于那座神奇而美妙的大楼里的事，所讲的和B的姑父讲的大致相同。人们兴奋得寝食难安，嗓子沙哑了眼睛里也都有血丝，一有空闲就到街口的老树下去站着，朝那座大楼将要耸起的方向眺望；从白天到晚上，从日落到天黑，到工地上空光芒万丈把月亮也逼得暗淡下去，那老树下一直人群不断，人声和远处塔吊的轰鸣声片刻不息。我的祖母很高兴，她相信谢天谢地从此不用再围着锅台转了。我也很高兴，因为在那样一座大楼里，孩子们的游戏队伍将无可怀疑地得到壮大。我不知道别人都是为什么而兴奋而激动。但后来又有消息说，那座大楼再大也容不下所有的人，我家所在的那一带的人们并不能住进这座大楼。失望的人们就跑到工地上去看去问，便看出那楼确实容不下所有的人，但又听说像这样的大楼将要永远不断地盖下去直到所有的人都住上，人们这才又充满着希望回来。我跟着祖母也到那工地上去过，但这是后来听我的祖母说的，我自己却没有一点儿印象，这事很怪。

"你也不记得那儿有很多向日葵吗？""不记得，但这事我听人家说过。""怎么说？""据说有天夜里，在一场大暴雨中那教堂倒塌了，之后在它周围就莫名其妙地长出了许多许多向日葵，长得满园子里都是，长得茂盛无比密不透风。"B笑笑："你说那教堂是因为下雨才倒塌的？""我不知道。所有的人都这么说。”B再喝光一杯啤酒，然后漫不经意地说：“在下那场雨之前只有我一个人在那园子里。你信吗？是随着那教堂轰隆一声塌下来才开始下起大雨的。”

是B亲口跟我这么说的；这是迄今为止我所听到的，关于那座教堂倒塌之因的惟一的不同说法。我只想说明这一点，并不想判断谁是谁非。况且，那天下午B是不是也把酒喝得过分了，我没有把握。或许是我们俩都多喝了一点。我有时候不是很清楚他确凿是在讲着关于谁的故事。那只是一个传说罢了，我想。至于是在那传说之后有了我们有了那个下午我们的喝酒和谈话，还是在我们喝酒谈话之中才有了那个传说，我不敢贸然确定。总之，你一旦出生你就进入了一个传说。

姑父退出教会的第二年冬天，教堂就关闭了。园门紧锁，除了黎明和黄昏时分一群群乌鸦在那儿聒噪着起落，园内终日一无声息。B不仅聪明而且胆大，他能够轻而易举地翻过园墙，独自到园中游逛。雪地上除了乌鸦和麻雀的脚印就是B的脚印。有一天，他弄开一扇窗户钻进教堂，教堂里霉味儿扑鼻，成群的老鼠吱吱叽叽地四散而逃把厚而平坦的灰尘糟蹋得一片狼藉。他爬上钟楼，用木棍敲响锈蚀斑斑的大钟。可惜他的力气还太小。但那微弱的仿佛是风吹响的钟声竟出人意料地温存而忧哀，在空旷的雪地上回旋，在寒冷的阳光里弥漫，飘摇溶解进深远巨大的天空。B已经确信他的父母并没死，他们不过是在很远的地方罢了，但他不懂他们为什么不能回来。B

便常常在这种心境袭来之际偷偷到那教堂里去，让钟声按着他的愿望响起来。这件事在附近的居民中引起大大的疑惑，不久便有了很多令人毛骨悚然的谣言到处流传。冬天的末尾来了一群人，把那大钟卸下来装上汽车运走了；据说是为了炼钢铁。B像失去了一位朋友那样难过，很久不再到那园中去。然而令人心神不安的谣言却并不停止反而加剧，而且在春风呼啸的某个夜晚，所有的人都听见从那教堂里发出了像是喘息像是咳嗽像是刀砍斧劈的声音。那声音响得日甚一日，附近的居民便以此吓唬不听话的孩子，吓唬深夜不安心睡觉的孩子。B也很害怕，因为那奇怪的声音确凿无疑。爷爷，那是什么响？甭怕，那是风刮得门窗响。爷爷，那不像是门窗响了那是什么响？那是房檐下的木椽让风刮得响，是老树枝子让风刮得响。爷爷你听你再听，今天比哪天都响得厉害。睡吧这不关你的事，那是老鼠在打架在啃得房梁响。B终于忍不住了要自己去看看。春风和煦的傍晚他又翻墙跳进了园中。教堂尖顶的影子依然向他伸来，像一座桥，像一条荒凉的路。他看见教堂的所有门窗都不翼而飞。他看见它檐下的木椽和梁柱也残损不全。他看见它的桌椅和地板荡然无存，角落里只有几堆风干的粪便。教堂里空空如也，夕阳的黄光中惟有灰尘缓缓地飘浮；他试着喊了两声，回音震落了墙上一块灰皮。一只早来的蜘蛛仓皇而走，又停下来听一阵看一阵，终于再度落荒而逃。

“怎么回事？”“喔，你知道那都是很好的木料。”“那么那些向日葵又是怎么回事呢？你并没说那些向日葵。”“那是个谜。不过我想那肯定是我爷爷种的。如果那是人种的就肯定是我爷爷种的。”“他没告诉你？”“没。就像他到底也没说我的父母去了哪儿。”

死国幻记

黑暗从四周围拢，涌荡，喧哗，甚至嚣张。光明变得朦胧、孱弱，慢慢缩小，像糖在黑色的水中融化。也许是风，把一切都吹起来，四处飘扬，一切都似尘埃。

风中挟裹着啜泣，从何而来？此前似乎还有过一阵阵悲恐的呼叫，叫我吗？

太阳很高，没有一丝云，但是太阳一会儿比一会儿暗淡。这景象前所未有。有点像戏幕拉开之前剧场里的灯光缓缓熄灭，随后想必所有的嘈杂都会平息。

果然，风声停了，啜泣或者还有呼叫都随之消失。所有的声音一下子都被吸干了似的，万籁俱寂。同时，很快，快得让人来不及想，寂静中黑暗已经合拢。黑暗漫布得均匀辽阔，无边无际。

光明与黑暗之间几乎没有停顿。不是几乎，是根本没有。

朦胧仍然还是光明，就像弥留并不是死。光明与黑暗之间，或者生与死之间，没有过渡，没有哪怕一分一秒的迟疑。但我心里一直很清楚，后来据死灵们说这是一个奇迹。在黑暗中还能记起光明，那些死灵们说这真是一件不可思议的事。“你没有经过忘川?”我想我必是漏网的一个。

我只能把他们叫做死灵，包括我自己，也已经是死灵。“死灵”或者“死命”，姑妄之称。这并不是黑暗中的语言，是因为我记得在光明那边普遍有“生灵”和“生命”这样的表达。

我在黑暗中浮游，任意东西，仿佛乘风飘荡。开始还见些星光，一团团或者一块块，流萤般飞走。慢慢地我飘进深不见底的黑暗，没有一丁点儿光亮，没有阻力，没有颠簸，身轻如流如空完全没有了重量，只剩下思想。黑暗，消弭了方向，消弭了空间，令人昏眩。时间呢?这时我开始想到，那不过是思想的速度，是意义所需的过程……

然后慢下来，开始降落，轻飘飘地飘落，像尘埃……呵不，像思想，像思想终于找到了根据，找到了表达，或者也可以说是灵魂嵌入了另一种存在。

我的死命就这样开始。但是黑暗并不阻挡什么，清澈的黑暗，如同深夜里依然清晰的思想。山川历历，芳草萋萋，林木葳蕤，流水潺潺——这些形容都是可以用的，这些感受都是有的，但仍不过是姑妄称之。黑暗并不阻挡什么，就像墙壁挡不住思想。

懵懵然之中我听到（不，不是“听”到，是感觉到，或者接收到）一个声音说（也算不上是“声音”和“说”，只是一种消息的传布）：“呵，他来了。”

随之有很多人围拢过来，飘浮在我的四周，嘁嘁嚓嚓地交谈。不，只是交流，并没有声音。我感觉他们的心情喜忧参半。

然后我周身一阵彻骨的寒冷，是他们之中的一个拥抱了我，拥抱着我为我祈祷：“可怜的灵呵，你已经圆满。你来了，在这无苦无忧的世界里，愿魔鬼保佑你，给你足够的耐心去忍受这恒常的寂寞，或者给你欲望，走出这无边的黑暗吧……”

但是忽然他停止了祈祷，放开我，后退，惊讶地喊道：“怎么回事？他是温热的！他怎么会是温热的？”

所有在场的人都来触摸我，慌作一团，飘动不已。

“不错，他全身都是温热的！”

“温热的？呵，可从来没有过这样的事！”

“不可能。魔鬼保佑，不是在闹人吧？”

我笑了：“闹人？”

这一笑吓得他们纷纷飘离，只剩下刚才为我祈祷的那个家伙还留在我身边。我问他：“你们说些什么呀，乱七八糟的？”

他看着我，迷茫地飘动，像夜风中的一面旗。

我坐起来我想坐起来，但其实是飘起来，说："我这是在哪儿？"

飘离的人们又都飘回来，与我保持着一定的距离。他们面面相觑，对我的话仍然没有反应。但我能懂他们的话。他们在互相问："他这是要干什么？"他们在互相说："他这样子可真像是神魂附体呀。"

我便以他们的方式传布（黑暗使我毫不费力地掌握了这种传布的规则）："你们是谁？你们是什么人？"

这一回他们懂了，惊呆了，停止飘动，仿佛风也凝滞了。

他们呆愣了好半天才说："我们不是人呀。"

这一下轮到我被惊呆了。大概我惊恐的样子很令他们同情，他们便又都飘拢过来，冷气袭人地抚摸我，可能是要给我安慰。

我说："那，不是人你们是什么呢？"

"你呢？你是什么？"他们说，声音和飘动都变得无比柔和。"你是什么我们就是什么呀，不是吗？"

好像是这样，可是……我想了好一会儿说："可是我有点糊涂。对不起，你们能不能提醒我一下？这是怎么回事，你们，还有我，都是什么？"

就是这时候，他们说了（传布了）一个词。这个词不能写，这个词没有形象，这个词只能以他们的方式传布，在生之中没有与其对应的声音和文字，这个词的意思大致上就是“死灵”，就是死之中的存在，死之中“灵”的体现。就像人，是生之中“灵”的形态。

他们镶嵌在黑暗里，遍布于无限中。唯思想的呼唤使他们显现。他们的形象略显灰白，近似于光明中的照片底板，但无定形，就像变幻的云，就像深夜的梦，甚至像沉思，像猜想，像忧虑，像意识的流动不可以固定，但可以捕捉。他们随心所欲有着自己的形态，各具风流。

“死灵。”我把那个词翻译成光明那边的语言。

“死灵？”他们模仿着说，不解地看着我。

“因为在那边，”我说，“叫生灵，或者，叫生命。”

“生灵，或者生命。那边？那边是什么？”

“是生。是光明。是人间。”

我感到他们又都有些惊慌。

“怎么了，你们怕什么？”

“你总说‘人’。‘人’是传说中的一种炽热、明朗、恐怖的东西。”

我问：“是不是相当于那边所说的‘鬼’呢？”

“不不，‘鬼’虽然也是传说，但那是我们所崇敬的。魔鬼，冷峻幽暗，可以保佑我们……”

“我懂了，‘鬼’相当于那边所敬仰的‘神’。”

他们又笑起来："不不不，'神'是多么平庸！你可不要随便乱说谁是神，那是对死灵的轻蔑。"

我有点迷惑，不再说什么。

他们却似乎快活，飘飘荡荡地互相交流。

一个说："太奇妙了，这真是一件从未有过的事。"

另一个说："看来真有另一种存在，死之前，灵魂已经存在。"

我心里暗笑：你们可真会说废话。

又一个说："是的，否则无法解释。也许，死之前，灵魂就已经在一种强大的光明之中了，在那儿也有一个世界。所以……所以他的身体还是温热的。"

一个说："他从那儿来吗？我们，是不是都曾经在那儿呢？"

另一个说："会不会就是我们猜测的那种'白洞'呢？有强大的发散力，使任何东西都不能回归，一切都在发散、扩展、飘离、飞逝，时间在那儿永远朝着一个方向，不可逆返……他会不会就是从那儿来呢？"

他们兴奋得手舞足蹈，在我身边飘来飘去。

"要是那样的话，他，"他们指着我说，"他也许是有欲望的吧？"

他们更加激动了，上下翻飞，浪一样起伏涌动。

很久他们才稍稍平静了些。一个死灵对我说："你是不是要睡一会儿？”

“是呀，”我说，“你们把我搞得好累呀。”

“他累了。”“他说他累了。”“他说他要睡一会儿了。”“那就是说，他还没有圆满。”“就是说，有可能他还残存着欲望。”……他们好像互相传布着一个可喜可贺的消息，按捺不住心中的惊喜。

“那就让他睡吧，”他们压低声音说，“我们走。”

“好了，你睡吧。”他们轻声对我说。

我很疲惫，很快就睡着了。没有梦，一点儿梦都不来，无知无觉一片空无，什么都没有。

一点梦都没有，一点感觉都没有，醒来我觉得好像并不曾睡。并不曾睡却又怎么知道是醒来了呢？我坐在那儿呆想，才发现那是因为刚才和现在的感觉衔接不上，当中似有一个间断，有过一段感觉空白，这空白延续了多久呢？无从判断。只有在感觉又恢复了之后，才能推断刚才我是睡了，而那一段空白永远地丢失了。

这有点像生和死的逻辑。我记得活着的时候我就想过这个问题：如果我睡了不再醒来，我怎么能知道我是睡了呢？如果我死了就是无穷无尽的虚无，又怎么能证明死是有的呢？我坐在那儿呆呆地想了很久，忽然明白：虚无是由存在证明的，死是由生证明的，就像睡是由醒证明的。

空无渐渐退去，四周随着思想的清晰而清晰起来。我发现我睡的地方一无遮拦，而且我是赤身裸体，没有铺盖也没有衣服。我慌得跳起来，找衣服。这时死灵们又飘来了，我赶紧躲到一棵树后。但是没用，透过树我可以看见他们，他们也一样看见了我——是的，正如墙壁不能遮挡思想。

“喂，你干吗这么一副躲躲藏藏的样子？”他们问，“我们已经认识了，我们已经是朋友了不是吗？”

“可我的衣服，”我说，“我的衣服不见了，找不到了。”

“衣服？衣服是什么？”

“我总不能光着身子呀？”

“不能光着身子？那你要怎样？”

“衣服！衬衫，还有裤子！”我向他们比画，但他们完全不懂。

一个神色更为沉稳的死灵拨开众死灵，飘近我，郑重地问：“你是不是想要遮挡住自己？”

我点点头：“至少我得有一条裤子呀，这么光着算什么？”

“是不是，在那边，赤裸是一件很不得当的事？”

我说是的。我说：“在那边，这也是对别人的不恭敬。”

“就为这个吗？”众死灵大笑起来。“就为这个，他一副失魂落魄的样子！”

神色沉稳的死灵对我说：“别找了，白费力气，在死国你找不到什么东西可以遮挡。在死国没有什么可以遮挡，也没有什么可以被遮挡。”

“你看看我们，”众死灵说，“我们不都是这样吗？”

不错，他们都是一丝不挂。男死灵和女死灵都坦然地赤裸着，纤毫毕露，楚楚动人。

“这又怎样呢？”他们一边说，一边扭动、展示着十分性感的身体，或者说是展示着十分性感的飘动。“我们有什么不一样吗？”“我们应该藏到哪儿去呢？”“是要玩捉迷藏吗，把自己藏起来，再把自己找到？”“把自己藏起来，难道我们就不知道我们是什么样子了吗？”“真有意思，相互看不见就是相互恭敬吗？”“再说，我们可有什么办法能藏起来吗？”他们轻松地飘转，咘咘地笑个不停。

那个神色沉稳的死灵，由于他以后的言行，我觉得他有点像牧师，但在死国并没有这样的称谓，所以我暗自叫他做 MS。MS 对众死灵说：“笑什么笑！别让他太受惊吓。他跟我们不一样，他并未圆满他还保留着欲望！是呵，欲望，这正是我们期待的，这样的机会千载难逢……”

我看见 MS 望着无边的黑暗，朝向黑暗的极点或源头一动不动，仿佛双手合十，念念有词：“愿魔鬼引领我们走出这寂寞之海。感谢它给我们送来了欲望的使者。”

我看见 MS 这样念诵之后，死灵们纷纷跪倒，肃然无声。我看见，不知何时，黑暗中聚拢了难以计数的死灵，飘飘漫漫铺天盖地，其实并无天地之分，那无边的黑暗就是由他们组成，他们就是无边的黑暗。

我完全不明白他们为什么要这样，但我记得在光明那边也有类似的情景，所以我在心里把那位神色沉稳的死灵叫做 MS，这称呼未必恰当。众死灵跟随 MS 默默祷告的时候，我只好在他们中间飘来荡去。有一件事让 MS 说对了，我还保留着欲望，是的，保留着欲望——那些匍匐在地的美妙身体，让我兴奋，兴奋得想入非非……

以后的时光中，我大半和 MS 在一起，他领我漫游死国。

当然用不着车，也用不着走，用“飘”来形容也很勉强。在死国没有空间和时间之分，空间即是时间，距离不过是思想的过程，距离的长短决定于思想的复杂程度。MS 常常要停下来等我，我的思路跟不上他，死国的很多事我都还陌生。MS 无所不知，唯光明是他的界线。在黑暗中他轻车熟路毫无阻碍，一不留神就离开了我，让我左顾右盼寻他不见，等他再回头找我时，见我还在原地冥思苦想寸步难移。这很像在光明世界里的考试，愚钝的孩子刚答出一半考题，聪颖的孩子早已交了卷跑去河里游泳了。也像一对谈不拢的夫妻，貌合神离，同床异梦，梦中的两个世界相距何止千里万里！但在死国神貌合一，神离即是形离。

但光明是 MS 的界线。光明，是死灵思之不及的地方。光明之于死灵，正如死域之于人间吧。

尤其欲望，让MS着迷，让他百思不解。

“总有些事，你想做可一时又做不到吧？”我提醒他。

“想做又做不到？”他愣愣地看我，“什么意思？”

“比如说，你想有很多钱，可你没有……”

“什么是钱？”

“钱可以换来你想要的东西。有了钱，你想要什么就可以买来什么。”

“换？买？什么是东西？”

“比如说你饿了，想吃点什么，你怎么办呢？”

“饿是怎么回事？什么是吃？”

“你难道没有饿过？你没有过饿得浑身没有力气的感觉吗？”

“没有。我想你是说补充能量吧？那你补充就是了，只要你有补充能量的意念能量就已经补充了。你到死国这么久了，这一点还没有发现吗？”

是呀，自从我死后我还从未有过饿的感觉。

“可我还是不知道什么是钱，”他说，“什么是换和买，什么是饿。还有，浑身没有力气是怎么回事呢？”

“就像生病了似的。你生过病吗？”

“生病？”他抱歉地笑笑，看着我。

我明白了，死国是不会生病的，病极也就是个死，死当然就再无病可生。

“那好吧，再比如，你们是不是也都想有个家呢？”

“对不起，家？你最好再解释一下。”

“简单说吧，有一处封闭的地方，一座房子，四壁围拢起来的一处空间，你和你的亲人住在里面，其他死灵不得侵犯，不能随便进来，偷听和偷看也都是违法的，在那里面你可以自由自在地生活，做你想做的任何事……怎么，这你还听不懂？你不是有点弱智吧？直说了吧，假如你和你妻子做爱，你们总不能在大庭广众面前在众目睽睽之下吧？”

我这话音一落，MS 忽然不见。我想过一会儿他会回来找我的，可是等了很久仍不见他的踪影。这时我感觉周围蒙蒙地有些亮色，不知从哪儿又传来风声，传来悲伤的啜泣，有人在叫喊，叫喊着我光明中的名字，有金属器械轻轻地碰响……随着那蒙蒙的亮色越来越大，我感到身体越来越沉重，胸口憋闷，一阵温暖袭来……这感觉很熟悉，这感觉非常熟悉呵——噢，大概那边正有人在抢救我回去吧？但我此时好像并不太想回去，好不容易才摆脱了那份肉体的沉重我真是不想再回去，至少我不应该就这么与 MS 不辞而别……呵哈我知道了，我懂了，这一回是我飘离了 MS！我的思想走到他不能走到的地方了，他不能到这儿来，他不能接近这蒙蒙亮色，正如他不能理解欲望。他还在黑暗深处。可我怎么回去找他呢？在死国，思想的差别就是形体的距离，是呀，一定是我刚才的话把他搞昏了，什么封闭呀，四壁围拢呀，亲人呀，还有侵犯、偷听偷看、违法、大庭广众和众目睽睽……这些他都不可能懂，他一定还在大惑不解中团团转，寸步难移。我必须循着死国的思路，才能回到他身边……这样一想，蒙蒙的亮色渐渐消退。我再想，死国是没有房子的，在死国是无处躲藏的，连山川和树木也都是黑暗透明的，一切都是无遮无拦，当然那也就无所谓自由和不自由……我这样想着，便回到了黑暗深处，看见MS就在近旁。果然不出所料，他还在那儿冥思苦想呆若木鸡。

“请你给我解释一下，众目睽睽到底是什么？”

“就是别的死灵都看着你。”

“他们看着我难道不好吗？”

“我是说，比如当你和你的女死灵交欢的时候。”

“我的女死灵？好吧，就算是我的，那又怎样？不让他们看就是欲望了吗？”

“那倒也不是。可是，那样的时候难道可以让别的死灵看吗？”

“当然，要是他们愿意。再说他们为什么一定要看？”

是呀，为什么？我真是从来没想过这个问题。

“因为那是怕人看的。”我说，“那样子有些丑，虽然丑但还是有很多人想看。也有人说那其实很美，但是说美的人还是要躲藏起来做爱。”

MS说：“你说——爱！是吗？这个词我知道，这在历史上有过记载，在远古时代的死国曾经存在过爱，可现在早已经没有了。现在的死国，最多也只有交欢。”

“仅仅是为了繁衍吗？”我想到了光明世界中的鹿群，在秋天的山野里，在丰沛的河流两岸，像节日一样聚众交欢。

“不不，那只是为了抵挡一下寂寞，死国并不需要繁衍。死灵据说都是从光明突然来到黑暗，只不过在途经忘川时洗净了一切记忆。”

“我好像不是这样嘛？”

“你是个例外，很可能你躲过了忘川，所以还保留着欲望。这样的事在死国的全部历史上也是寥若晨星。所以我说过这很难得，千载难逢。好了，话说回来，我还要请教：做爱，为什么要害怕众目睽睽呢？”

“很可能……因为……哦，大概是这样，那是一个人最软弱的时候，一个人要求于他人的时候，一个人和另一个人自由敞开心魂的时候，但又绝不是能被所有的人都理解的时候。所以，所以你和你的爱人走进自由的时候你们同时要小心众人的目光。”

“为什么？”

“因为软弱。软弱，多么可笑。”

“可笑？你是说软弱可笑？不不，那是最珍贵的呀，求之不得的。当你感到软弱、孤独，你才能真正体会爱，真正享受到爱，尘封的史书上有过这样的解释，只可惜我们能够读懂，却已无能进入那样的境界了。死国世风日下，一切都已圆满，软弱和孤独一去不再。我们只能到戏剧中去模仿那样的境界。"

我的思路跟不上他，MS又飘离了。

过了一会他回来，神色严峻地对我说："请跟上我的思路，跟上我——圆满并不意味着无缺。对，这样想，圆满并不是无缺，请你重复我的话。"

瞬间我们来到一处湖边。湖波荡漾，山林环绕，溪流像一匹黑色绸缎蜿蜒林间，潺潺注入湖中。湖岸上，树林里，若干对男女或相拥而卧，或嬉笑追逐……如在光明中的婚床，肆意交欢。他们变幻的形体风雨般任意飘摇，相互融合，相互吸吮，浪一样相互拍打、冲撞……舒腰鼓臀叠胸交股，无拘无束，炫耀其千姿百态，鼓动其万种风情……他们互相并不规避，甚至相互坦然观望。

我想起了光明中的荒野，秋风，和鹿群赴死般的交欢。

"呵，多么自由！"

但MS说："可你没看出什么问题吗？"

"无所顾忌，随心所欲。在光明那边这是无法想象的。"

"呵，我不知道你说的自由是什么，可这仅仅是戏剧。"

"戏剧？"

"是呀，寂寞之极的戏剧。他们只是用形体在模仿那传说中的相互敞开和相互依恋，但其实办不到，无论如何也办不到了。我们已经没有什么可以敞开，形体早已无遮无蔽，心魂也早已没有秘密可言了。”

“为什么？”

“因为死灵们都已圆满，没有阻碍，没有困苦，没有罪恶，没有疑问。死灵们心心相通，无我无他。我们甚至可以在时间中任意来去，因为思想的速度远远快过时间，想象便到未来，回忆即是过去。”

“可你刚才不是还说‘圆满并不是无缺’吗？”

“是呀是呀，可是圆满……”MS叹道，“它让我们丢失了欲望。欲望！”

沉默了一会他又说：“慢慢你会懂的，你会明白，那是怎样的寂寞。寂寞得就像似被嵌进了岩石，就像是被铸进了均匀的时间，寂寞得快要让整个死国都发疯了呀……所以，所以我们指望戏剧，我们模仿软弱，模仿孤独，模仿激情，模仿着相互敞开心扉的感动。但只是模仿，只能是模仿。你看呀，你看死灵们的动作多么机械，标准，规范，多么呆板，因为那都是事先设计好的呀！毫无办法。他们已经尽力了，他们在尽力摆脱成规，但是摆脱成规如果成为目的，一切又都成了刻意的安排，刻意安排还能有什么惊喜和快乐？还能有什么新奇的发现？心魂就像被做成了一个环，圆满，绝没有缺口。寂寞，永远地寂寞。因为，真正的创造需要的是欲望！欲望呵，你懂吗？可他们没有，早已经没有了，没有欲望，没有惊奇，没有激情……”

“怎么会呢?”

“因为没有什么是他们做不到的。因为圆满。因为我们与这黑暗毫无差别。我们就是黑暗，就是这无边无际。没有神秘，没有未知，下一个动作是什么他们早已看见，下一分钟是什么，明天怎样，我们了如指掌。”

我再看那些交欢的死灵。确实，他们的动作总是显得僵硬，虽然叠胸交股却似按部就班，虽然相互冲撞但没有颤抖，呻吟只是发自喉咙，仿佛一句规定的咏叹。所谓千姿百态风情万种也都像服从着某种预定的程序，让我想起光明中士兵的操练。

“你们干吗不回到过去呢，回到死国有欲望的时代?”我带了几分讥嘲地问，“你不是说你们已经无所不能，能够在时间中任意来去了吗?”

MS叹一口气：“你应该已经懂了呀，在死国所思即所行，不可思议就是寸步难移。丧失了欲望，可怎么回到欲望的时代?”

“那是从什么时候?”

MS呆愣着，呆愣了好一会儿，神情中渐渐显出沮丧、颓唐，或者还有自嘲。

“那可能是因为一次伟大的成功。”他说，“在死国历史上的某一时刻，神降福于死国，死灵们的千古梦想忽然实现，我们走进了极乐，所有的死灵都在那一刻超度了苦难，洗净了心灵，断灭了贪念和恨怨。我们身轻如风，行走如思，水复山隔都不存在，天涯海角霎时便在眼前，正如你看到的，在黑暗中我们无所不能。我们甚至无需语言，只靠思想便已相知相通，互相毫无隔膜……我们仰谢神恩，感谢他伟大的馈赠，举国庆祝，多少天多少夜不停地狂欢，是呀，我们疯狂地享受欢乐，周游八方，奇思妙想无不可及，正像你说的，随心所欲……”

“然后呢?”

“是呀，你问得好，然后呢？可我们已经没有然后了呀！一切都停止了，一切，都停止在圆满上……不错，我们饱享了一阵无苦无忧的时光，可是然后！然后慢慢地，慢慢地寂寞降临了，寂寞就像在一个环中流动周而复始，寂寞就像这黑暗一样充满了我们的视野、我们的心魂，毫无遗漏，密不透风……一次伟大的成功一次旷古的神恩把我们送进了永无休止的圆满，和寂寞。就这样。就是这样。死灵们再不可能有困苦，再不可能有好奇，再也不可能有激动和兴奋了。开始我们还以为这是一时的，不足为虑，谁知漫长的时间从此只剩了重复。对无所不能来说，一切都是陈旧的，再没有过去和未来之分。我们意识到事态的严重，试图粉碎这神恩。所以他们告诉过你，在死国，神被看作是一种平庸的东西。平庸至极！它使我们无所不能吗？不，其实它使我们寸步难移！但是……但是粉碎圆满是可能的吗？麻烦就出在这儿，圆满是无懈可击的呀，无懈可击！所以我们呼唤魔鬼，重新给我们残缺吧……”

“可这就是欲望呵，MS！”我紧紧抓住他，仿佛要摇醒他似的喊，“这不就是欲望吗，MS？你可真是骑着驴找驴。”

“但这是一个悖论。”MS凄苦地一笑，“欲望着欲望，恰恰是因为没有欲望。”

“但是你也可以这样想，欲望着欲望，恰恰也就有了欲望。”

这一回轮到MS紧紧地抓住我了：“是吗？告诉我，我们怎么办？”

我迷惑地摇摇头。

MS却像似有了一点希望：“现在你来了，死国终于吹来了一点新奇的风。你温热的身体还保留着欲望，你要保护好它，切莫被圆满所诱惑，切莫也掉进这恒常的寂寞中去。呵，你不要不以为然，神恩实际上是最富诱惑的呀，还有什么比无苦无忧全知全能更具诱惑的吗？”

远处，湖岸上的戏剧已近尾声。死灵们相继停止了动作，既无疲惫也无欣喜，唯一脸徒劳无功的沮丧，就像一个乏味的笑话讲完了，或者一个浅薄的幽默刚一开始就露了底。草地上，树林边，他们默坐呆望，不知在等待什么。

MS说：“有时候，我们甚至渴望罪恶，盼望魔鬼重新降临死国，兴风作浪，捣毁这腻烦的平静，把圆满打开一个缺口，让欲望回来，让神秘和未知回来，让每个死灵心中的秘密都回来吧，让时空的阻碍、让灵与灵之间的隔膜统统回来！”

无边的黑暗中响彻MS的哀告，风一样散布开去，又风一样被湮灭掉。

“也许，MS，我就是魔鬼遣来死国的使者。”

MS半晌不语，似有所思。

我望着湖岸上的死灵，心旌摇动。女死灵们个个妖艳，我不信她们会不善风情。

可MS叹道：“只是，只是我又怕满足会把你的欲望磨光。”

“怎么会呢？”我雄心勃勃，跃跃欲试。“你放心吧，那不可能。”

MS思忖良久，目光一闪终于下了决心：“那么就拜托了。愿你的欲火能够燃遍死国，那样的话，所有的死灵都会铭记你的英名。”

我有点临危受命的感觉，甚至是慷慨赴义的凛然。但是说真的，我可没有那么纯洁。

随后在湖岸上发生的事令人难于启齿。其实不说也罢，光明中的人们不说也懂——“柔情似水，佳期如梦，金风玉露一相逢，便胜却人间无数”。可是黑暗中的死灵呵，唉唉，完全两回事，跟他们说什么也没用，他们压根就不懂。你怎么教，他们也还是笨手笨脚毫无灵感。话说回来，那样的事能教吗？

那不是一门技术啊。他们倒都谦虚好学，一副求知若渴的样子，你要他们怎么干他们就怎么干，一丝不苟。他们一边抬眼看着你，一边在身下模仿着干他们自己的事，老天爷呀这是怎么了，猪都不至于这么笨！植物都不至于这么笨！不错不错，他们确实聪明，教什么会什么，但一律都像盗版，我的奇思妙想在他们那儿立刻变为成规，我的放浪不羁在他们那儿立刻被处理成程序。

我冲他们喊："你们他妈的就不能有点儿自己的想法？"

他们齐声问："我们他妈的应该有点什么想法呀？"

"我怎么知道你们想什么？这不是钻井采油，用不着狗日的万众一心。"

"那，狗日的你在想什么呢？"

一群傻帽，连语气都在模仿我。

我说："我想什么关你们屁事！这事要靠你们自己的想象。"

他们又一齐问："想象？想象是什么呀？"

"是一群猪，要么就是一堆木头！"我气急了。

他们可倒乖："到底是猪，还是木头呢？"

完了完了，这样令人哭笑不得的场面弄得我意趣全消，激情荡尽。我停下来，坐在草地中央气喘如牛，满心沮丧。

MS 在远处紧张地望着我，我想起了他的重托。

"各位，"我说，"请不要把这事当儿戏，这可是关系到死国的未来，关系到死灵们的前途，关系到你们能不能走出无边的寂寞。”

我这话音一落，死灵们纷纷飘拢过来，满天满地的严肃，全部黑暗都仿佛凝滞了，那情景就像光明中的万千信徒走向神坛，怀着敬畏聆听圣言。

说真的，那一刻我被感动了，我想说不定我就是死国的救世主吧？我不应该再有什么保留，解救死国的重任已经落在我的肩上。

我喘够了气，择去沾在身上的树枝和草叶，重新抖擞一下精神说：“你们问我在想什么是吗？好吧，我就告诉你们。很简单，我一心要在这自由的时刻违反常规，和我的爱人一起，蔑视一切尘世的规矩，践踏所有虚伪的礼节。我要让我的爱人真正地看见我，看见我的心愿、我的梦想，我的软弱和我的狂放，看见我肉体深处的心魂，我们要互相真正地相见，一同揭去平日的遮蔽。我们借助身体的放浪互相诉说，倾听，靠那崭新的语言领我们走入禁地，走入无限的可能，打烂众目睽睽所圈定的囚笼，粉碎流言蜚语竖立的坚壁，在无遮无拦的天地间团聚。在自然里，在旷野上，在风雨中，做我们爱的祭祀，实现悠久的梦想。你们要知道，那也就是苦难的祭祀，感谢它，感谢苦难给我们的机会，领受爱的恩典。苦难不是别的，苦难正是心魂的相互遮蔽。我们生来就是残缺，我们相互隔离、防备、猜忌，甚至相互仇恨、攻击，但是现在，在神的圣名面前，在亘古至今的梦想中，我们随心所欲地表达我们相互的期求……”

但是忽然我又飘离了，MS 和所有的死灵立刻都无影无踪。慢慢地，我又看见了一丝光亮，听见金属器械轻轻碰撞的声音，还有呼喊和风声……这一次我不再惊慌，我知道，只要我向着透出光亮的那个方向挣扎，我就可以重返人间。

但是，我想回去吗？

我犹豫了好一会儿。然后慢慢地，心里有点明白，心里仿佛荡开一股暖流，亲切和热情，像远行游子的思乡那样，思念光明。

这时，意想不到的事发生了——MS 来到了我身边，来到了接近光明的地方。

“你怎么来了？”

MS 忿忿地嚷着：“你对他们说的可都是些什么呀先生！什么苦难呀、梦想呀、残缺呀……死国没有这些玩意儿，没有一个死灵能听懂你的话！别忘了这儿是死国，恰恰是圆满，是至善至美把死国拖进了无边的寂寞……”

“MS 你等等，”我打断他说，“可是你听懂了呀！”

“我？”

“你听懂了，所以你来到了这儿。不是吗？”

MS 一下子呆住了，愣愣地盯着我。

我说："你看呀，你看见了什么？光明，那边，对，你已经接近了光明！"

远处的光亮越来越大，风声越来越响，光明正冲淡着黑暗，风声搅乱着寂静。MS呆呆地望着光明膨胀的方向。他的肉体也正从黑暗中脱颖而出——似乎由抽象凝为具体，从无限划出边缘。他不再飘动，稳稳地站立。他的样子仿佛有些冷，有些惊讶，有些迷茫，但又似摆脱了浑浊之后的清朗、兴奋、生气勃勃，让人想起那幅著名的画——波提切利的"维纳斯的诞生"。果然，就有一片无花果叶子飞来，遮住了他，遮住了他的丑陋或者竟是他的美妙，遮住了他的欲望……

光明大片大片地吞噬着黑暗，风声扫荡寂静。我的身体沉重起来，越来越沉重，有什么东西压得我喘不过气来，我拼命挣扎，挣扎……挣扎的过程中我甚至有些后悔了，也许我还是应该留在那寂寞之中不要回来。所有光明的记忆又都回到了我的心里了，我是不是值得回去？我想问一问MS，他是不是后悔了，是不是已经领教了欲望的沉重？但是我看不见他，不知道他在哪儿……

"呵老天爷，你可算醒过来了！"我听见有人说。

"别动别动，你还不能动呀。"

"你要不要喝点水？"

"或者，吃点儿什么不？"

夕阳的光芒，一大片，血红明亮地映在白色的墙上。风，渐渐疲软下去，有一搭无一搭地喘息着。

“这是哪儿？”我问。

“这是医院，手术室。”

“手术室？为什么是手术室？”

“你是从死里回来呀！知道吗？”

“好了好了先别问了，你总算是活过来了，这就好。”

这时，忽然有一阵强劲的婴儿的啼哭传来。

“那是谁？谁在哭？”

“是隔壁，大概是隔壁有个孩子刚刚出生。”

“呵，他来了。”

“谁？你说是谁来了？”

我想，是MS。当然，他即将有一个尘世的姓名。

1998年12月29日完稿

两个故事

有一年秋天，我在地坛公园遇见一个老人。

柏籽随风摇落，银杏的叶子开始泛黄，我在那园子东南角的树林里无聊地坐着，翻开书，其实也不看，只是想季节真是神秘，万物都在它的掌握之中。

这时候我看见夕阳里走来一个老人。我想等他走过去，然后点支烟继续享受这秋日黄昏的宁静；有些老人总对抽烟的年轻人抱有偏见。我把烟捏在手里，等着，看一条长长的影子向我游近。那影子在草地上起伏、变形，快要爬上对面的一棵树干时停下来。“借个火，小老弟。”一顶旧草帽和草帽下一张堆笑的脸已经凑到我跟前。我给他把烟点上，自己也点上。他没有要离开的意思，挎包扔在地上，蹲下来看我的轮椅，对轮椅的结构提出很内行的批评。见我并不热情，他站起来，绕着我走圈儿，没话找话跟我搭讪：今年的气候不正常呀，你有多大年纪呀，尝尝我这烟吧这烟如何如何地好，以及这么年轻你怎么就把腿弄成这样，用没用过云南白药和看没看过藏医，等等。我想不宜再对他冷淡，也该对他有所关心才好。

“您呢，”我说，“这是上哪儿去？”

他脸上的皱纹于是松开，笑容淡下去，不断地眺望树梢和树梢以上的天空。“天上浮云似白衣，斯须改变如苍狗”，从来如此，并无异常。惟夕阳灿烂，久视令人目眩。

“依你说呢小老弟，最后我们都是上哪儿去？”

我疑惑地看他，表情中必已流露了对他的重视。

“别这样小老弟，所有的话都不过是说着玩玩儿。”

他坐下，掀去草帽，掸他满头的白发，不停地掸，于是乎很久他不再言语。我敢说那是一种空前的景象：头皮屑飘落如雪，纷纷扬扬总有一刻钟之久才见稀疏。

“小老弟，要不要我讲个故事给你听？”

仿佛雪住了，云开天青他再次露出笑脸。我心里挺不高兴，这老半天莫非倒是我在等你讲什么故事？我心说，你要是不走我可要走了，但我却随口应道：“什么故事？”人有时候就这么言不由衷。

“关于我的。不过到最后，还有一个比我更不走运的人。”

以下是他讲的故事。

我是个叛徒。不，我是说真的。铁案如山。是呀，现在真正是铁案如山了。现在，这件事，只有我自己可以不信了。再过几年，等我一死，就没人不信了。

其实一样，单我自己不信管什么？什么事都一样，要是没人作证，多大的事也等于零。这些日子我老想：要是你压根就是一个人活在孤岛上没人知道，你跟死了有什么不一样？

我的故事差不多就是这么回事。我知道我是怎么一个人，可是我没有证据。我没有证据倒不是说这事本来就没有证据，是说我拿不到证据。拿不到，也不是说还没拿到，对，曾经是还没拿到，现在不是了，现在是肯定拿不到了。肯定拿不到跟从来没有其实一样。

你是不是看我有点儿精神不大正常？好，你觉得没有就好，听我说。

刚才你问我上哪儿去，我现在是哪儿也不用去了，只剩下最后一个大家谁也跑不了都要去的地方了。“条条大路通罗马”，我看压根儿就是指的那地方。可这之前我一直在东奔西走，差不多半辈子，我都在找一个人，几十年里只要有一点他的线索我也不放过，哪怕是地角天边我也要去查看个究竟。因为……因为这个世界上总共就两个人知道我不是叛徒，除了我就只有他。

他叫刘国华。

也许你在电影里见过，过去，敌后工作，经常是单线联系。就是说，一个人只与一个人联系，一个人只受一个人领导，张三领导李四，李四领导王五，但是张三并不领导王五，张三也不知道王五在干嘛，甚至压根儿不知道有王五这么个人。要不就是张三领导李四，也领导王五，但李四和王五互相谁也不知道谁。为什么？呵，你真是年轻。这么说吧，除了张三，不管是谁叛变了，都只可能再出卖一个，不至于破坏整个组织。张三也是只与他的一个上级联系，要是他叛变了，他能出卖的人也就不会太多。什么，你说这是对朋友的不信任？嘿呀小老弟，你真是太天真了，刚才我远远地瞧见你，我就想，这个年轻人，以后的日子有他受的。现实！懂吗，小老弟？它跟希望不一样，它要不是跟希望越差越远就很不错了。好了，我不跟你争，这事你不懂也许倒好。

你还想不想听我的故事？好，慢慢儿听，没准儿不白听。

总之我是单线联系的最后一环，我只听从我惟一的上级的指示，至于他听从谁的指示我管不着，至于他还领导谁我也不问，也没想过要问，问也白问，再问就是犯纪律。

我的上级就是刘国华，老刘。最后一次，他指示我打入敌人内部，以叛变的方式打进到敌人内部去。当然是为了搞情报。简单说吧，我干成了，并且取得了敌人的信任。实际当然不会像我说的这么简单，实际是经历了很多很多危险的，比如说……唉，不说了吧，那些事更是只有我自己知道。

电影？电影毕竟是电影，不过我不反对你按照电影里那样去想象。

可是，就在我好不容易打入敌人内部之后不久，我们胜利了。就是说我打入了敌人内部可是我还没来得及干什么我们就全面胜利了，就是说我什么都没干就不需要我再干什么了。这真让人窝火，让人觉着委屈，一切一切不都白费了吗？不不，麻烦并不在这儿，胜利了怎么说都是好的，这我想得通，一切还不都是为了胜利吗？麻烦的是，胜利之后我却再也找不到刘国华了。

老刘，对，找不到了。问谁谁也不知道。不知道，多简单，可我呢，怎么办？只有老刘知道我是谁，是怎么回事，只有他能证明我其实并不是叛徒，只有他知道我的叛变其实是为了什么。可是找不到刘国华你说什么也没用，没人知道你。可老刘他无影无踪，就是找不到。

就这么，我找了他几十年。

全中国有多少刘国华呀！几十年里我见的刘国华有一百多个，男的女的，东北的，西南的，活着的和死了的，可都不是我要找的那个刘国华。

我没有放弃希望。几十年我一直坚定着一个信心：除非我死了我不信我就找不到他，不信这笔糊涂账就说不清楚。我是叛徒？笑话！那是因为我还没找到老刘，等我找着老刘你们再后悔吧，再看看你们是不是把一个英雄给冤枉了吧！

我也想过，莫非老刘他已经死了？我宁可不这么想，在没找到老刘的尸首或者他确实已经死了的证据之前，我必须得找他，这是我惟一的希望呵。这几十年我能活过来，还不就因为这个？

老刘他真要是死了那也就什么都甭说了。

老刘他要是个没良心的人，那，我也就认命了。

我四十岁上才成家。有个女人跟了我，她说她信我不是瞎说，她说不是瞎说一瞧就知道，用不着什么证据。也有些人对我的话将信将疑，可是你说了半天一点儿证据也拿不出来这算怎么回事？有谁会说自己是坏蛋吗？平心而论是这么个理。说到底我得找到老刘。我老婆心甘情愿跟了我，打一过门就跟我一起找这个刘国华。什么英雄不英雄的，老也老了我早不在乎那玩意儿了，我只是想不能让我老婆白信任我一回，不能让她总这么跟我受这份糊涂罪。依着她早就不找了，她说不如赶紧生个孩子过咱们的日子吧。她是真喜欢孩子，可我总想把事情弄清楚了再要也不晚。就这么弄来弄去有一天我看见她悄悄掉眼泪，我问她怎么了？她说完了，甭生了，已经绝经了。现在想想，我倒真也算得上是英明，要了又怎么着？叛徒的儿子，长大了也得埋怨我。

总之，那时候我一门心思非找到刘国华不可。

除了台湾，我一点儿不夸张，全国二十多个省我都走到了，所有的市、县我都托人或者写信去打听过了。直到不久前，又听人说起有个叫刘国华的，在南方，一个小镇子上，有个曾经化名刘国华在敌后工作过的老同志。哎哟我想这回有门儿，连我老婆都说这回八成错不了啦。我立刻就去了。在那个小镇子上，一个青砖红瓦的小院儿里，果然，是他，是老刘，是我要找的那个刘国华。当然他是老多了，不过错不了，这么多年他的模样总在我眼前晃，再怎么老我还能认不出他？

可他已经不能算是活人了。

他活倒是还活着，可对我来说，他其实已经是死了。

他的家人把我迎进门，把我领到老刘的床前。我说："哎哟老刘喂我可算找着你喽！你还认得我不？"我泣不成声，哭得站也站不稳，一下子跪倒在他床前，可他瞪着俩大眼珠子什么表情也没有。你猜怎么着？他是植物人了。

他家里人说，刚刚胜利没两天他就躺下了，中风不语。开始还明白点儿事，整天"啊……啊……啊"地躺在床上干着急，话也不会说字也不会写，过了几天干脆人事不知了。领导把他送回家，组织关系转到县上，生活、医疗倒都不用愁，家里人照顾他还有一份护理费。"是呀，能吃能喝就是不省人事，"他家里人说，"连我们是谁他也不认得，整天就这么一个人盯着天花板。""可不是吗二十多年啦，"他老伴说，"倒也没什么麻烦的，给他翻翻身，侍候他吃喝屙撒呗。"

我还能说什么呢？

我从他家里出来，心想这回行了，不用再找他了，不用再绕世界跑了，也不用逢人就问您认识的人里有没有个叫刘国华的了。一切都结束了。你别说，这么一想倒觉着从头到脚都轻松了。可是我一下子就走不动了，扶着墙左右瞧瞧，那墙头上垂挂下来一串花，红的白的开得正旺，艳得让人害怕，让人不敢看。前面有家小饭馆，我就进去，要了碗面，其实不想吃，就为歇歇，喘口气。老刘的家里人后来还说了好些老刘的事，可说的都是什么我一点儿没听清，心里光记着那句话——“开始还明白点儿事，整天‘啊……啊……啊’地躺在床上干着急”。我想老刘这一定是放心不下我，没问题他是想着我呢，想把我的事给领导上托付托付。老刘毕竟还是老刘哇，我心里挺感动，他没把我忘了，没扔下我不管，行啊我这心里头挺知足。不单知足，倒觉着对不住老刘了，我怨过他，骂过他，恨过他，我怎么也没想到是这么回事哟。中风不语！老刘呵老刘，得什么病不行呵你？

我坐在那个小饭馆里愣了老半天，最后想：唉，得了，反正该受的我也都受了，什么都甭说了，不如赶紧回家陪陪老婆去吧。毕竟我那老伴是相信我的。我想起她的眼神，那里面纯净得让人想哭，让人想走进去再也不出来，那里面好像通着另外的什么地方，看不见的地方，也许是另一个世界，在那儿，什么事都是清楚的，就像我老婆说的：用不着证据。

老人收住话头，又那么一心一意地眺望树梢，眺望天空。太阳掉到了远处的楼群后面，在那儿闪烁着最后的光芒。

“还有一个人呢？您不是说，还有一个比您更不走运的人吗？”

老人侧目望望我，再把目光放回到天上。

以下是他讲的第二个故事。

我是在那个小饭馆里碰上这个人的。到现在我也不知道他是谁，叫什么，打哪儿来，不知道他到底有什么冤仇。

我在那小饭馆里坐着一直坐到差不多这个时候，这个人来了。他要了酒，站在柜台前一口连一口地喝，两眼直勾勾的。喝了一阵子，他端着酒坐到我对面来。“谁让我最后碰上您了呢，”他说，“您不能不答应陪我一块儿喝几杯。”我没有太推辞。看他一副神不守舍的样子，我猜他是做买卖做赔了，要不就是赌钱赌输了。他说不是，都不是，他说这地方他是头一次来，是来找老三的。

他管他那个仇人叫老三，也不知道他们是什么关系。

总之，他到处找了报仇。他找了好几十年，找了大半辈子，这倒是有点儿像我，不过我可不是找什么仇人，我没有仇人。

他不一样，他是要报仇。他说非得亲手杀了老三不可，不然他这一辈子就活得太窝囊了。他说，几十年了，他没有一天不想着杀了那老东西，大不了一命顶一命呗，那也得杀了他。他说死也得出出这口气，几十年了他说就为这个他才活下来。他要面对面，一对一地把老三杀了，让那老东西明明白白他就是跑到天边去事情也不能算完。他说他做梦都梦见老三死在他面前的样子，梦见那个不可一世的老东西跪地求饶。那也不行，跪地求饶也不行，“我非杀了他不可！”。

他说他什么都想好了，这些年他没有一天不在盘算这件事，所有的可能他都想到了，所有的细节都想好了。当然，老三也绝不是个容易摆弄的，“这小子老奸巨猾心毒手狠，不是我杀了他就是他杀了我”，他说那也行，怎么都行，谁杀了谁都行反正一回事。

他不停地喝酒，一口气地说着，差不多是喊，听得我心里发毛。

慢慢儿地他口齿不大利索了，喝高了，把这些话来来回回地说。小老板站在柜台里动也不敢动。

终于，他的声音低下来。“可到底还是有件事，我怎么也没想到。”他说。

简单说吧，几天前他找到了老三。找了几十年终于让他打探到了，老三就在这个镇子上，他立刻就来了。他悄悄跟踪了老三好几天，打听老三的情况，老三竟然一点儿没发现。听起来老三并不像他说得那么老谋深算。老三现在是孤身一人，老了，这些年哪儿也不去，也不跟任何人交往，一日三餐之外就是去河边钓钓鱼。

他心说行呵老东西，你他妈的倒自在，你这一辈子造的孽你以为就算没事儿了？

那天他跟着老三到了河边，太阳还没出来，四周没人，他从草丛里跳出来，跳到老三跟前问老三还认不认得他。这一刻他盼了多少年呀，梦也不知梦见多少回了，他有点兴奋过度。老三看看他，冲他点点头，仿佛还笑了笑，老三正要说什么还没说出来他已经扑上去一刀把老三给杀了。

老三一声没吭就倒在河滩上，血咕嘟咕嘟地流出来，流进河里，把河水染红了一大片。他有点后悔事情办得未免太简单了，不像梦里那么有声有色。

这个人没有立刻就走，他说总觉得事情不大对劲儿，不是那么个意思。哪儿出了什么毛病吗？他在尸首旁边坐了一会，心想，其实也就只能这么简单吧，还能怎样呢？河上的雾气慢慢地薄了，阳光在河滩上铺开，爬上老三的脸，他看见那张脸上的笑还没有消失干净。他又在心窝那儿补了一刀。可他心里还是嘀咕，还是觉着不对劲儿。这么着，他去翻老三身上，从老三贴身的衣兜里翻出一样东西。

“知道这是什么吗？”他拿出一个小玻璃瓶给我看。

小玻璃瓶里有些褐色的粉末。

“河豚的血！没错儿我问过人了，是河豚的血焙干了碾成的粉。”

我听说过这东西，毒得厉害，一丁点儿就能要了人的命。

“什么意思？”我听见我的声音在颤抖。

“什么意思，你还问什么意思？老三！原来老三他早就想着去死了！”

他举着那个小瓶，眯缝着眼睛翻来覆去地看："这老东西，他天天到那河里去钓鱼，其实是为了这玩意儿！这玩意儿河里已经不多了，一年两年也未准钓得着一条。这老东西可真他妈的有耐性呵，这点儿玩意够他钓多少年的你说？你说，老三他是不是早就不想着活了？"

我能说什么呢？吓也吓坏了。

"喂，小老板你过来！你是这地方人，你看看。"

小老板也是早吓坏了，面色如土。

"你看看，是不是河豚的血？"

小老板从柜台里走出来，躲在我身后哆嗦。

"老哥你说说，老三他攒这东西干吗？他要不是打算去死他攒这玩意儿有什么用？老哥你说说，可他攒了这么多为什么还不去死呢？这么多，死三遍都够了，我猜他是自个儿下不了自个儿的手……"

我和小老板互相靠着，也弄不清是谁在抖。直到警车来了。

警灯在外面闪，随后进来几个警察。

这个人忽然笑起来，说："幸亏我来得早，要不让老三就这么自个儿死了，我还报的什么仇？"

警察站在门口，几支枪对着这个人。

他冲警察喊："我不跑！要跑我早跑了。我在这儿等着，告诉你们老三是我杀的，没错儿他是我杀的，我一个人杀的！"

警察看着他，也不催他。

这个人又哭起来，问我，问小老板，甚至问警察："可你们倒是说说呀，老三他攒这些毒药到底是要干吗呀？是不是他早就想死了只不过自个儿下不了自个儿的手哇？是不是？是——不——是！"

警察说："你，跟我们走。"

2000年2月18日

往　事

童年，某个除夕的下午，我独自站在街上。除夕的下午，这不会错，因为我一直想着马上就要过年了。玩一会儿我就要想一下：过年了，将有三天爸和妈都放假在家，不用去上班了；将有三天我都没有作业，光是玩；三天里爸和妈都可能带我出去，逛公园、串亲戚；三天，家里随时会有客人来，送给我礼物，给我压岁钱；这三天顿顿都有鱼有肉，还有其他好吃的东西……三天是够长的了，而且现在还没开始，三天是要从明天算起的。每这么想一遍心里就有说不出的快乐。所以我从家里跑出来，在街上玩，好像这样就可以使即将到来的好日子更确凿，就可以把它们保护得更牢固，更完整。

我独自在街上玩。就是我家门前那条细长的街。站在街心朝两端望，两端都是一眼望不到头——灰白的天，和灰白的天下雪掩的房屋。

从早晨开始下雪，中午时停了。不过天仍然阴着，说不定还会有更大的雪，可能一宿都不停，可能明天一早起来就见那雪还在纷纷扬扬地下，到处一片洁白。那可真是太棒了！我喜欢雪，喜欢大雪带来的安谧，尤其那安谧之中又漫布着过年的喜庆。我独自在街上跳。天并不冷，一点儿都不冷，空气湿润、新鲜、干净。空气中偶尔飘来炸鱼和炖肉的香味儿，使人想到家家户户当前的情景——忙碌、欢快，齐心协力准备着年夜饭。是呀，过年了。鞭炮声东一下西一下地响，闻得见丝丝缕缕的火药味儿，但看不见放鞭炮的人。街上人迹已稀，都在家里了，惟偶尔一两个因为什么事耽搁了的人，正提着满篮的年货急匆匆埋头赶路。

其实街上并没什么好玩的。我只是在雪地里跳，用木棍敲落树上的雪，把路边的积雪捅得千疮百孔，等候时间一点儿一点儿过去，接近年宵。我不急着回家，反正一连串的好日子就要来了。我一点儿都不急着回家，让那幸福的年宵在看不见的地方积聚得更浓厚些吧。别让它来得太快，也走得太快。不如在这温润的空气里多待一会儿，在等待的快乐里多待一会儿。我希望暮色慢慢降临时母亲会出来找我，她走到街上，左右张望，然后冲我喊：喂，还不回家吗？过年啦——！

我蹲在一根电线杆下这样想着，忽见路当中站着一只猫。不知它是从哪儿跳出来的，一身雪白，惟耳朵和尾巴是黑的。它远远地看了我一会儿，便在一座座雪堆之间跳来跳去，看见撒落在白雪上的红色爆竹屑，它就闻，就刨，就“喵——喵——”地叫，好像也有着不同寻常的快乐感受。我追它，它便在雪堆后面藏起来。靠着它的黑耳朵和黑尾巴我有时能看到它，它若把头埋下去把尾巴收起来，你简直就分不出哪是雪堆哪是它。我在雪堆之间绕来绕去追它。这猫似有些灵性，我走到这边，它就在那边露出两只黑耳朵，我跑到那边，它又在这边露出一条黑尾巴，我却看不出它是怎么从这边跑到那边的。它不远不近地总跟我保持着五六米距离。我追累了，它就从雪堆上露出头，转动着两只黑耳朵看我，或者是笑我。当然它不笑，这东西好像很有幽默感。这猫有点儿神秘。我想我得认真对付它了。我正想着得怎样对付它，它却忽然消失不见。我低着头东找西找，却又听见高处有它的叫声，抬头看时，只见它在某一座屋顶上舒舒服服地抱成团，两眼甚至半睁半闭。等我跑到那屋檐下，它好像又不在那儿了，紧跟着，另一个方向又响起它甜甜的叫声。我急转身，就见五六米外的一处台阶上正有一只白猫懒洋洋地躺在那儿理毛。妈的，到底有几只猫呢！我恼了，挥着木棍冲向那台阶。它泰然自若地看着我，一动不动，见我冲到它跟前了，才“噌”地一下跳开。这不算气人。气人的是它跳开之后并不跑远，仍与我保持五六米距离，在那儿悠然地游戏，闻地上的爆竹屑，在雪堆之间跳来跳去，轻声轻气地叫，看我。我想算了，这东西！甭理它吧。可我这样一想它好像也随之变了主意，不跳也不叫，静静地藏在雪堆后面，只露出两只黑耳朵，好像故意让我看到它。我气喘吁吁地坐在台阶上。它见我不再追它，或者是相信我屈服了，终于承认了失败，便大摇大摆地走出来，然后，仿佛横刀立马一般站在街心盯着我。我知道，只要我一动，它就又会溜走，跳上树，跳上墙，或者随便藏到哪儿去，所以我也不动，我也毫不含糊地盯着它。我跟那白猫四目相对，互相看着，好一会儿，它开始搔首弄姿，开始看天，耸鼻子，支起耳朵听。天色越来越暗，鞭炮声越来越密。大约确信我是个不堪一击的家伙，这猫轻蔑地叫了两声，转身走开。它走几步一回头，走几步就站住回头看我一眼，我便鬼使神差地跟着它。我觉着我跟着它走了很久，走过了很多人家，最后天黑了，只见它雪白的身影倏忽消失在我家的院门中。我跟着它走进院门。我跟着它进去但是院子里空空如也，没有房子，没有人，没有声音，也没有家，只有灰白的天，只有灰白的天空中落着纷纷扬扬的大雪。家呢？我大声喊："妈——"我大声喊："妈——！不是要过年了吗？"

醒了。是个梦。我听见妻子也醒了。她翻了个身，囔囔地说："你最近老做噩梦。"天还黑着，黑得透彻，估计也就是半夜两三点钟。我想了一会儿那个梦，但能记起的已经很少，本来要复杂得多。我叹一口气。妻子又翻身，问："梦见什么？""大雪。还有，快过年了。""你老是梦见大雪。""不知道，我也不知道怎么回事。”“你说你是在大雪中生的。”“可能。不过我这一生，很多重要的事都发生在大雪天。”“还有什么事？”“还有我第一次得到你的照片的那天……”

我听见妻子不断地翻身。

“那天也是下着大雪，也是快过年了，我一个人在学校的操场上跑步。那是很多年以前了，那时的空气要比现在干净得多，好像也深厚得多，张开嘴使劲呼吸，它就清清楚楚一直往你的深处走。那时的鞭炮也没有现在这么响，也不像现在这么密，稀稀落落的东一声西一声倒比现在的有味道，过年的气氛也更浓。那时候的人好像更有耐心，更会等待。我在操场上一圈一圈地跑，一点儿不觉得累，也许是年轻，也许是因为马上要过年了心里有一种盼望。其实，那时候心里天天都有着盼望，莫名的盼望，并不因为什么具体的事，可以完全没有原因但心里总是觉着有什么好事就要发生了。我就那么跑着，浑身舒畅，那感觉现在早都没有了。我就那么跑着，不想停下来，快乐好像关不住似的从里面往外流……

“这时候我看见你从教学楼里走出来。你的衣裳又肥又大，可不像现在的女孩儿们穿得那么讲究。我猜那身衣裳没准儿是你姐姐穿剩下的，已经洗得发白。不过我看你穿那身衣裳真是美，比现在的名牌服装还漂亮。你从教学楼里出来骑上车就走了。你滑行了几步，飞身上车，那姿势特别潇洒。”

“我可是不记得了。”

“你当然不会记得。你骑上车就走了。你骑得快极了，在雪地里也不减速，就见你的蓝围巾一点点儿变小，像一缕蓝色的水彩眼瞧着在水里融化。”

“那是什么时候？”

“上学的时候，某一个除夕的下午。”

“我完全记不得了。”

“你不可能记得。我本来想跟你打个招呼，可我正好跑在操场的另一边，离教学楼最远的那边。等我跑到这边，你已经走远了。”

“那会儿你就注意我了？”

“然后我也离开操场，跟着你的车轮印儿跑。不，那时还不懂是怎么回事，只觉得经常都有的那种盼望一下子强烈起来，但到底盼望什么当时也说不清。大雪扑面，我跟着你的车轮印儿使劲跑，我想也许能追上你。可是追上你又怎么样呢？心里一犹豫脚下就没劲儿了。我站在路边歇一歇，这时候就见雪地上有个小塑料夹，捡起一看是个游泳证，上面的照片是你。我心里一亮，心说真是天赐良机——追上你把它还给你岂不顺理成章？我就又顺着你的车轮印儿追。可刚跑了几步，张流来了，他骑着自行车在背后喊我，问我是不是吃多了这会儿还跑的什么步快过年了也不回家？我赶紧把那个游泳证收起来。我本想哪天还给你的，可后来我看这游泳证反正也过期了，就把它留下了。当然，我是想留下你的照片。”

“你一直都留着？”

“留着。”

“在哪儿？”

我的脑子里“轰”地一下，是呀，那张照片呢？随之我心里一阵疼——我明白，那照片已经丢了。可是，怎么丢的呢？什么时候丢的呢？怎么会丢呢？

我又醒了。梦。还是梦。伸手摸摸床那边，空的，妻子通常睡着的地方没有人，那块床面也是冰凉凉的。她已经不在那儿了。她已经走了。她有好些日子不来住了。她说还是离婚吧我真是受不了你了……

天蒙蒙亮了，窗外果然下着大雪。我想起来了，我和妻子说好了今天去办离婚手续的。娘的，离就离吧！还说什么她受不了我？这世界什么笑话都有。我忍气吞声，我卑躬屈膝，我忙死忙活，我累得像头驴回来还得给她赔不是，她说往东，好，往东！她说往西，行啊，往西……到头来怎么着，倒是她受不了我？说笑话也得沾点边儿吧？行啦，我没让她给弄疯了就算是我的造化了。走吧。

雪真是大，纷纷扬扬连对面的楼都看不清楚。一旦走进雪里，心情就好多了。雪有一种魔力，好像能让所有的喧嚣都停下来，回忆一下往事，回忆一下童年，想一想原本我们是来干嘛。

在事先约好的地方，她已经在那儿等候了。我们互相看了一眼，谁都没说什么，就朝法院的方向齐步走。慢慢地我走在了前面，我听见我们的脚步依然整齐，踩着雪，咯吱，咯吱……我开始有些难过，心里一阵阵地疼。雪让世界安静，让人回忆。雪让人变得软弱，让你看见事物的细部。细部都是柔软的，温和的，令人依恋的。雪让人想家，想家中的火炉，火炉上的水壶突突地冒着蒸气，水雾在窗上结成冰花。雪让人想起无家的人在东奔西走，在寒冷和苍茫之中无所适从。雪的安静，让人听得遥远，不单是空间的遥远，还有心灵，心灵从来都不止于此地。雪的细腻，让人忽略那些粗糙的争吵……

我猛地站住，转身，我想问问她：我们是不是应该再想一想？但我看见她早已站住不走，在我身后五六米的地方她仰着头闭着眼睛，让雪花落在脸上。我慢慢走近她，我看见泪水在她的脸上流，使雪花一落上去便纷纷融化。

我搂住她，她不动。我摇她，她也不动。我摸摸她的脸，冰一样凉。我喊她，她不应。我害怕了，推她，就像推一棵树。我喊："冬雨！冬雨——！"

是呀，还是梦。我仍然在家里，独自躺在床上。天完全亮了，窗帘上满是灿烂的阳光。我点开电视，新闻刚完，正播天气预报：今天白天，晴，最高气温39度……这么说是夏天？是夏天，拉开窗帘，外面一片葱茏。

但这会不会又是梦呢？我掐了一下腿，有感觉，使劲掐，疼。看来冬雨真是走了。看来婚是非离不行了。看来……娘的离就离吧，甭尿。我起床，上厕所，刷牙，洗脸……吃什么？冰箱坏了，里面的东西臭了一堆。街上吃去吧。

39度？我看不止，刚8点半就跟下火似的了。所有的树叶都不动。所有的窗户都关着。所有的空调都在滴水。

我买了个煎饼。卖煎饼的老太太说："算了，差两毛差两毛吧，反正您常来，算我优惠。"我问她："今儿几号？""7号。""肯定？""要不您问别人去。"

问谁去？问谁谁也会告诉你是7号，可这就能证明不是梦吗？7号，上午9点，法院门口见，老婆将在那儿变成前妻。问题比想象的严重。要是使劲喊一声怎么样，会不会就醒了？路上人太多，别再吓着谁。现在的大街上一天到晚都像游行，哪儿来的这么多人？也许就喊他一嗓子？管他谁是谁呢！可是，就算你又醒了，你敢说你就不是在另一个梦里？不断的噩梦真快把我弄疯了。不过，要是现在，真的醒了，发现冬雨就在身旁，发现离婚不过是一场梦，那就好了。要是这会儿冬雨一边推我一边叫我"嘿，醒醒，醒醒"，那就好了。"又做什么噩梦了？""我梦见你要跟我离婚。""你还怕这个？""冬雨，现在不是梦吧？""不是。""肯定？""行啦行啦，还不快起来？早点都凉了……"

但我分明是走在街上。不是梦，也醒不了。我什么时候变得这么窝囊，离就离呗？好在她有她的房子，我有我的房子。存款嘛，我说我一分都不要，她也说一分都不要。行，都他妈是君子。幸亏没孩子，要是孩子也都不要那才热闹呢。

我一路走一路想：也许，当初我把那张照片给了吴夜就不是个好兆？

那是在“大串联”的路上，我们七八个同学一起徒步去延安，走到黄河边吴夜病了，又下着大雪，我们就在一个小村子里住下了。晚上，我和张流看护着吴夜。那窑洞很深，一盏小油灯鬼火似的。我在灯下翻看那些捡来的传单。张流躺在一边睡得跟死了一样。吴夜嘴里一直不停，叽哩咕噜说着胡话，我不断摸他的头，烧得厉害。抗菌素也吃过了退烧药也吃过了，这穷乡僻壤的还能怎么办？只好就那么看着他。张流指不上，这会儿就是把他打起来他也是站着睡。外面起了风，风中裹挟着一阵阵凄厉的狼嚎。我从窗缝往外看，雪停了，月下一片银亮。

“冬雨。冬雨。”有个声音在叫冬雨。

谁呢？侧耳细听，那声音又没了。

冬雨和另两个女生住在别的窑洞。那时冬雨只是我的同学，若干年后才是我的妻子。

“冬雨，喂，冬雨……”

谁叫她呢？深更半夜的这声音真有点儿瘆人。

“谁？谁叫冬雨？”

“我，是我呀。”这声音好像不在外面。

我转身寻找。噢，是吴夜，原来是吴夜，是他在说梦话。

我下意识地接了一句：“什么事？”

没想到吴夜竟接着说下去：“其实也……也没什么事。”

我忽然起了恶作剧的心，学着冬雨的腔调问：“那你叫我干吗？”

“我想，咱们能不能一起……一起去串联？”

“行呀，去哪儿？”

“你说吧，只要跟……跟你在一起，哪儿都行。”

“什么意思？”

“冬……冬雨，你觉得我……我这个人怎么样？”

“我看你挺可爱的。”

“真的？你真的这……这么觉得？”

“当然真的。”

“那……那咱们能不能永远都在一起？”

我差点儿就要笑出来了。我使劲推张流。张流翻了个身，继续睡。

“那……那你能……能不能送……送给我一张你的照片？”

于是我就把冬雨那张照片拿出来，塞在吴夜手里。吴夜呢，他竟然在梦里坐起来，把那照片夹进笔记本，又塞进书包，再把书包垫在枕下，倒头又睡。这一回他睡得非常安稳，再没有一句胡话。

我愣愣地看着他睡，有些后悔了，我怎么稀里糊涂把那张得之不易的照片给了他呢？我想不如趁他睡着，赶紧再把那张照片拿回来吧，可这时候张流醒了。

“吴夜没事吧？”

“哦，没事。”

“行，那你也睡会儿吧，我看着他。”

我知道完了，甭想再把那张照片要回来了。怎么要呢？以什么理由去要呢？

而且这不是梦。

我走在街上，踢踢某个邮筒，踹踹某个电线杆，不是梦。想起前天张流打来的那个电话，不是梦的证据便尤其确凿。

“喂，吴夜回来了。”

“吴夜？”

“十几年了这小子音信全无，昨天他忽然冒出来了。”

“真的？这么多年他都在哪儿？”

“在国外。这小子行，现在是终身教授了。过去咱老说他是书呆子，这下可呆出水平来了，年薪七万美元！”

“行，回头狠狠宰他一顿。”

“那还用说？十顿对他也是小菜儿。你猜他回来干吗？”

凭他那呆劲儿，我已经有点儿预感了……

“这小子是回来找冬雨的。”张流说。

我的预感不错。那个窑洞之夜以后，吴夜从未提起过那张照片的事，我就猜他一定是把那个梦当真了。我也不便问他，怎么问？“冬雨的照片呢？”“你怎么知道？”“其实是我给你的，没冬雨什么事，是你做梦的时候我给你的。”“做梦的时候？我做梦还是你做梦？再说你怎么会有她的照片？”这呆子，能这样。

“找冬雨？”我问，“找冬雨干吗？”

“我说出来你别生气。咳，其实也无所谓，反正你跟冬雨也要散了。吴夜这小子一直都没结婚你知道不？”

我的预感分毫不差。

“这小子真有点儿呆劲，他一直还想着冬雨呢！他说这些年黑眼睛的蓝眼睛的不知有多少姑娘向他表示过那个意思，可是不行，都不行，他说跟冬雨一比全完蛋，整个没戏。也不知他从哪儿听说你跟冬雨要离婚了，这小子当即就买了机票，收收拾拾赶紧就跑回来了……哥们儿你没事儿吧？”

“哦，没事。”

“嘿，哥们儿，别这样。许你们散，就不许人家……”

“孙子！我说什么了？我他妈的不许人家什么了？”

“得得，就说到这儿吧。我不过是想让你有点准备……”

“我是说，嗯……我当然希望他们成，可就怕冬雨她未必……”

“他说，冬雨早就说过，觉得他挺可爱的。他手里还有冬雨的信物呢。”

“什么信物，那是梦！你告诉他，那是梦，是……”

“算了算了，赖我，后几句话我不该说。不过兄弟劝你一句，吴夜当年可是够君子的，听说你爱上了冬雨，人家一转身就出了国。”

“这跟我有什么关系？那是梦！不骗你真的是梦，大串联的时候……”

“得，就这么着。哥们儿你好自为之。”

我多么希望这会儿能醒啊！我多么希望这会儿一激灵，醒了，什么大串联，什么窑洞之夜，全是梦。但你真想醒的时候却不见得能醒。可说不定什么时候，你过得好好的，忽然又醒了。这个世界你不服不行。

街上是依旧的阳光灿烂，依旧的喧嚣，依旧的形势大好。每一个商摊都是一个智力检验站，或是一个赌局。“这西服怎么卖？”“您给多少？”“你要多少？”“七百。”“说什么呢哥们儿？”“您要真想要，可以商量。”“三百。”“三百连本儿都不够。”“不行拉倒。”“哎哎您回来，三百五怎么样？”“三百。我忙着呢。”“得！算我赔本儿，谁让这身儿衣裳您穿着这么合适呢？”“赔本儿？至少你还能赚一半儿。”“说的！”究竟谁赢了，鬼知道。

9点，约定的地方没有冬雨。9点半，仍不见她的影子。太阳晒死人。10点，我有点儿担心了，她从来是守时的呀？11点，我给她打了个电话，没人接。也许她正往这儿赶呢。11点半，我想我得去看看她了，从她家到这儿最多20分钟。

我撒腿往冬雨家跑。我没叫出租车，我怕那样会错过她，她是个节约模范，上哪儿都是骑车。我一路跑，累得上气不接下气。真是今非昔比，当年我在学校的操场上跑，十几圈都不至于这样儿。不过那时候是期待梦想成真，现在呢？现在刚好相反，但愿现实是梦。娘的，这就是老了吧？你不能不佩服吴夜，他是从地球那边往这边跑呀，他已经跑了几十年！不过我忽然明白了一件事：我还是爱着冬雨，否则我干吗为她担心？干吗我这么急切地想见到她？我开始跑得有些轻松了，就像某个除夕我跟着她的车轮印儿跑想追上她一样。我很高兴那样的心情又回来了，至少我期待着那样的心情能回来。我想：得了，我就再屈服一回吧，给冬雨赔个不是，听她一顿骂，像电影里常说的那样——再给我一次机会。我想：只要你还能受得了就再受一受看，以后我绝不会再让她受不了了。你说吧，受不了什么？你受不了什么我就不干什么还不行？我想这我应该是办得到的……现在的问题是吴夜，吴夜怎么办？或者是，我拿吴夜怎么办？那个呆子！

冬雨家到了。楼前围了很多人。听说是电梯出了事，有个人从一层掉到地下二层去了。听说急救中心的救助车刚走，那个人生命垂危。

“男的还是女的？”

“男的。”

“肯定？”

“哥们儿，男的女的都是人！”

“对对。我不是那个意思。”

哪个意思？不是女的就好，不是冬雨就好，虽然都是人。我往十三楼跑，冬雨家的门牌是1301。

在楼梯上碰见了张流。

“你怎么来了？”我问。

“出事了。”

“哦，我知道。冬雨在家吗？”

“已经去医院了。”

“去医院了？不是个男的吗？”

“吴夜。是吴夜。”

“吴夜？怎么回事？”

“吴夜来找冬雨，一脚踏进电梯，直接就掉下去了。”

“怎么会？”

“电梯没下来，可是门开了，里面是空的。”

我的脑子里一片空白。张流陪我在楼梯上待了一会儿。

“冬雨呢，在医院陪着他？”

“对，陪着他，在医院的太平间。”

“你他妈胡说——！”

“冷静点儿，你冷静点儿吧。”

“这是梦！这是梦对不对？”

“直接害死他的是我，是我给了他冬雨的地址。他等了冬雨差不多三十年。你知道那张照片冬雨是什么时候给他的吗？大串联的路上。你算算吧。”

“我知道，黄河边，下大雪的那天晚上。”

“你怎么知道？吴夜说他没跟任何人说过。”

“以后我再告诉你。”

“他等了几十年，走了几万里路，费尽周折终于走到了这儿，终于走到了离冬雨只差一步的地方。只差一步，可这一步竟是这样……听说那电梯从来没出过什么毛病。行了，我也得去医院了。你呢？”

在去医院的路上，我问张流：“要是一个人做梦，到死都没醒，你说，这梦还能算梦吗？”

“什么意思？”

2000 年 9 月 23 日